SIMON BENTOLILA

ILLUMINATINE

roman

ALBIN MICHEL

À Ève

« Souviens-toi de ce que t'a fait Amalek, lors de votre voyage, à la sortie d'Égypte. Comme il t'a surpris sur le chemin, et s'est jeté sur tous les faibles par-derrière. Tu étais alors fatigué, à bout de force, et lui ne craignait pas Dieu. Aussi, lorsque l'Éternel, ton Dieu, t'aura débarrassé de tous tes ennemis aux alentours, dans le pays qu'Il te donne en héritage, pour le posséder, tu effaceras le souvenir d'Amalek de dessous le ciel, ne l'oublie pas. »

Dt 25, 17-19

« Même les paranoïaques ont de vrais ennemis. »

Roland Topor,
Le Locataire chimérique

PREMIÈRE PARTIE

Un diable personnel

1

Pierre avait des théories farfelues. À l'entendre s'en tirer toujours par la même pirouette – « Vas-tu me dire qu'il n'y a jamais eu de complot dans l'Histoire ? » –, j'avais la rage de me retrouver sans voix ; figé par l'absurde. Alors je me pacifiais, paresseusement et non par force, passivement plus que par calcul, tandis que mon ami déployait son implacable logorrhée en spirale. Des vrais complots, il s'en était toujours produit, oui, et l'eau, ça mouille. Mais si cela ne validait en rien les théories actuelles, l'Histoire bégaie avec ses ombres. Et de citer Robert Brasillach, dont il relativisait le rôle dans la Collaboration : « L'Histoire est écrite par les vainqueurs. » Un point c'est tout ! Et si je n'étais pas d'accord, je n'avais qu'à apporter la preuve du contraire...

À ce moment de son discours, comme un écolier sur le point de réciter sa leçon, il se leva de son fauteuil Louis XV élimé et passa en revue quelques vraies conspirations historiques, ou du moins ce qu'il en avait retenu de mémoire de vaincu... « Ramsès III, égorgé en pleine partouze. César, poignardé par le fils de sa maîtresse. La conspiration de Cinq-Mars contre Richelieu, ratée ! Et le coup d'État du chah d'Iran, c'était pas les Amerloques, derrière ? Pendant la Prohibition, les mêmes n'avaient-ils pas provoqué une gigantesque hécatombe, en foutant du poison dans l'alcool à brûler dont se servaient les contrebandiers pour fabriquer de la gnôle ? Dix mille bons vivants, crevés la gueule ouverte ! » s'écria-t-il, la veine saillant à sa tempe comme un câble, tout en se resservant un verre de whisky. « Mon vieux, excuse-moi de me poser des questions… »

Il devait être 16 heures. Je n'avais pas prévu de rester, mais rien ne m'attendait non plus dehors.

« Alors, j'vois pas pourquoi ils arrêteraient de nous la mettre jusqu'à la garde, hein ? Tiens, fume. »

Il fut secoué par ce rire qui me faisait penser à un cheval qui s'ébroue, puis s'enfonça dans son fauteuil et l'une de ses absences sourdes. Son nouveau shit me rendait nerveux. Je me mis à faire les cent pas dans le salon. La sirène d'une ambulance me fit bondir, la porte-fenêtre était ouverte sur le jardin de l'appartement en rez-de-chaussée. Par là arrivaient ses amis marginaux, après avoir escaladé le grillage devant la haie de thuyas, au fond de l'impasse, plutôt qu'en prenant la porte. Mais Pierre avait tôt fait de venir à bout de son capital de sociabilité et, bien souvent, sur ce point nous étions raccord. Souvent, nous nous taisions ensemble et là était, sans ironie, l'un des principaux socles de notre amitié.

Je trébuchai sur le tapis ; quelques gouttes de whisky s'y renversèrent. Pierre, qui regardait pourtant ailleurs, peut-être le globe en cuivre sous l'imposant crucifix, se leva machinalement, alla frotter avec un chiffon les trois malheureuses taches, et se rassit, la mine vaguement contrariée. C'est là que je m'aperçus qu'il avait fixé des lingettes nettoyantes sous ses pantoufles, parce qu'il était économe de ses gestes, maniaque, et surtout fantasque. Ses tocs étaient bien ceux d'un oisif.

En effet, Pierre n'avait jamais travaillé de son existence, au sens de se lever aux aurores, prendre le métro et se faire chier avec une bande de connards toute la sainte journée. Et je ne crois pas qu'il m'en voudra de le dire, le contraire serait même plausible. Il avait écrit en revanche quelques romans de science-fiction, peut-être cinq, dont deux franchement réussis. Or, il n'écrivait plus depuis des mois, peut-être un an. À ses yeux, écrire des dystopies n'avait pas plus de sens que d'espérer, dans un monde où Orwell était depuis longtemps dépassé. Il avait également été chroniqueur littéraire, mais se serait fait tricard des salles de rédaction parce qu'il fréquentait davantage les rades parisiens. Ses opinions, aussi, y auraient été pour un peu… Il aimait en tout cas répéter qu'il dérangeait l'ordre établi, bien qu'il fût malade de l'ordre domestique. Pierre était, nous l'aurons compris, un héritier, certains diraient hors sol, quoi qu'il fût bien enraciné.

Non, je n'avais aucun attrait pour les théories de la conspiration. Mon esprit paranoïaque et fainéant n'avait pas pris cette pente. Pierre était en quelque sorte mon exception, car les communautés de suspicion dans leur ensemble ne m'inspiraient aucune sympathie, et même si les paranoïaques interconnectés me faisaient doucement rire derrière un écran d'ordinateur, je préférais les savoir loin, du moins en théorie. En pratique, c'est une autre paire de manches. Quant à Pierre, je m'étais persuadé que son complotisme n'était qu'une lubie sans trop de conséquences, que ces biais répandus n'étaient pas chez lui une fatalité et qu'il pourrait en guérir par un salut fictif. Mais voilà, la Remington, qu'il avait préférée au clavier d'ordinateur, demeurait bouclée dans la commode. Page blanche.

La haie s'agita soudain. Brûlant du papier d'Arménie, Pierre psalmodia, l'air inspiré : « Les événements officiels sont voués à nous détourner de réalités plus graves. »

Des amis à lui arrivèrent par le jardin ; dans leurs sacs à dos, ça faisait *cling cling*. D'humeur maussade, je pris la porte et partis. De retour chez moi, j'ouvris sur mon ordinateur le fichier « Diable collectif », puis le sous-fichier « Étude de caractères », et enfin le document au nom de mon ami, non sans une certaine appréhension. « État stable, discours en légère baisse de radicalité. » J'avais assez de matière, les choses sérieuses allaient bientôt pouvoir commencer.

2

Le lendemain soir, hall 4, gare Montparnasse. Les derniers passagers sortirent du train en provenance de

Nantes. Jeff m'avait encore fait faux bond. Ce grand mytho dont je m'étais fait un monde était typiquement ce que l'époque diagnostiquerait comme un pervers narcissique. Insensible à la souffrance d'autrui. C'est ce que dirait probablement la ténébreuse Esther, qui m'avait accompagné à la gare. Je l'avais prévenue qu'on passerait prendre un pote, sans donner plus de précisions. Elle s'engueulait avec sa mère au téléphone, parce qu'elle voulait abandonner ses études de droit pour recommencer la psycho. À vingt-cinq ans, elle était un peu à côté de ses pompes. Sa famille, d'origine juive polonaise et argentine, comprenait mal son parcours, bien qu'il fût évident qu'elle rentrerait un jour dans le rang et qu'elle bosserait avec sa mère dans ses galeries d'art.

Avec Esther, on en était restés à une amitié chaste. Certes, j'avais eu des vues sur cette petite sœur d'errance au charme froid, mais je m'y étais fait comme aux lapins de Jeff. Il habitait naguère au 7, boulevard Bourdon, sur le port de Plaisance collé à l'enfer de Bastille, où il menait une vie de sublime arnaqueur de caniveau. J'ai jamais su très bien ce qu'il foutait de sa vie. Il m'avait raconté qu'il avait été brouteur, gigolo, indic. C'était sûrement faux, mais je m'en foutais, car j'aimais bien sa façon de raconter des histoires, et c'est tout ce qui comptait pour moi. Sur le point de se faire trouer la peau par une meute de dealers, il avait filé à l'anglaise vers les pays de la Loire où il s'était fait oublier.

Je lui reparlais au téléphone de temps en temps. S'il ne valait rien en amitié, sa compagnie était de nature à faire voler en éclats les portes de la perception. Il rendait les gens accros à lui comme à une came. Lors d'apéros dans son trou insalubre, je l'avais vu venir patiemment à bout de plus d'un invité ; pour un camé, rien de plus simple, il lui suffisait d'une semaine. Il n'avait aucune prise sur les cadres, qu'il fuyait comme tout ce qu'il ne pouvait engloutir.

Lorsque Esther raccrocha, ses yeux d'oiseau et ses mains pâles et graciles m'évoquèrent une redescente, bien qu'elle ne touchât jamais à ces choses-là. Sa mère venait de la menacer de lui couper les vivres.

Des rats allaient et venaient dans le hall. On a fui vers la Seine, le pont de la Tournelle, les quais qui nous menèrent enfin à l'île Saint-Louis. On a pressé le pas, blottis l'un contre l'autre, vers une galerie du quai de Bourbon où un orchestre jouait du jazz. Des gens claquaient sur leurs cuisses. Esther me tira par le bras.

– Regarde ce mec, me dit-elle une fois à l'intérieur. On dirait qu'il n'est pas concerné par ce qui se passe autour de lui. Tout lui passe par-dessus la tête. Mais attends, ça serait pas ?...

De profil, l'homme ne nous avait pas encore remarqués. Cette crinière ébouriffée de penseur germanopratin, cet air ahuri, cette somnolence amusée... Oui, c'était bien lui.

– Marc-Aurèle La France ! lui lança Esther.

– Tiens, ça fait un moment qu'on ne le voit plus se pavaner à la télé, lui, renchéris-je.

L'homme apathique un instant plus tôt pivota sur sa

chaise, nous fit face, recouvrant toute son illustre vigueur. « MALF » était éditorialiste, et sa colonne vertébrale avait la réputation d'être aussi souple qu'un roseau. Il avait également le génie de mettre en scène ses adieux à répétition. Chacun de ses faux départs de la vie médiatique bénéficiait d'une publicité phénoménale. C'était toujours le même drama, et vous le revoyiez comme par miracle réapparaître dans les colonnes et sur les écrans quelques mois plus tard, l'air de rien, discourant sur à peu près tout. Quand j'étais gosse, il faisait déjà ça.

– Pourquoi ? Je manque au débat ? fit l'intellectuel, d'un air à la fois inquiet et puéril.

– J'en sais rien, dit Esther. Je ne connais pas vos prises de position. On m'a juste dit qu'elles avaient beaucoup changé.

– C'est un très beau compliment, qui me va droit au cœur comme dans celui de la démocratie, dit l'homme dont je ne pouvais croire le sérieux apparent.

Puis, s'adressant à moi tout en désignant Esther :

– Je peux vous emprunter cette ravissante petite brune ?

– Pfft… Vieux *boomer* lubrique, fit-elle avec dégoût.

Partant d'un grand rire qui l'excluait, on est allés boire un bloody mary. Elle n'arrêta pas de me parler d'un type dont je n'avais jamais entendu parler. En rentrant, j'ai bloqué son numéro, avant de le débloquer aussitôt.

3

Il devait être 11 heures. Ouvrant un œil, j'ai cherché dans la pénombre le paquet de tabac sur la commode. Il était sec. En me roulant une clope, j'en ai foutu plein les draps. Un merle chantait dans la cour. Le volet métallique entrouvert filtrait un rai de lumière empoussiéré. Il faisait frais, il pleuvait et le chauffage était en berne ; j'ai couvert mes épaules d'un plaid en filant vers la cuisine.

Dans la casserole, au fond de l'évier, restait une bonne platée du chili surgelé de la veille. Sur la plaque chauffante, ça fit *pschhht* et ça tambourina sur le métal humide et tordu. Puis j'ai mangé dans la casserole posée sur le rondin de liège sur mon bureau. J'ai éteint le chauffage et l'ai rallumé pour le remettre d'aplomb. Cette première clope m'a fait tourner la tête. Je l'écrasai à moitié consumée dans la pâte de mégots qui débordait du verre à moutarde. Dans la glace fendue, je me vis en double. L'avant-veille, j'avais eu trente ans.

Du courrier était arrivé. Un rappel de la Direction générale des finances publiques, une taxe foncière impayée à la date limite du 23 juin 2023. Nous étions à l'orée de l'automne suivant. L'enveloppe alla rejoindre la pile des formalités remises indéfiniment au lendemain.

Enfin, le courrier du Syndicat national des correcteurs finit en confettis à la corbeille. J'avais été pendant cinq ans correcteur à la pige. Et encore, mes premières commandes, notamment pour une revue consacrée aux voitures anciennes, m'avaient été payées en droits d'auteur. J'avais cumulé ces maigres cachets avec le RSA. C'était après ma licence en info-com et un bref passage par l'école de correcteurs de journaux, Formacom. Ma condition n'avait certes rien de celle du héros de Knut Hamsun dans son roman *La Faim*, prophète des pigistes déclassés : contrairement à ce génie norvégien, j'avais un petit toit sur la tête.

Je fus aussi « recherchiste » pour une chaîne de TV. Ce job au nom vendeur consistait en réalité à corriger les SMS de téléspectateurs qui défilaient en bas de l'écran lors d'émissions télévisées. J'étais beaucoup mieux payé. C'est peu après que j'ai commencé à travailler pour *Le Contemplatoire*, quotidien national d'obédience sociale-démocrate. Payé un peu moins d'un Smic, je partageais mon bureau avec un collègue.

Trois ans plus tard, en trouvant l'enveloppe de convocation sur mon clavier d'ordinateur au retour d'une pause, je compris immédiatement comment j'allais être cuisiné. À la fin de l'entretien, le rédacteur en chef m'a promis de me recommander dans un autre service, après la restructuration du groupe. J'avais des doutes. Qui témoignerait sérieusement que j'étais un foudre de guerre de la traque syntaxique ? Personne, excepté mon collègue de bureau, cette bonne fée de la correction. Xavier traquait sans sourciller les fautes de syntaxe que laissaient passer mes gros maillons. Jonglant avec le *Guide du typographe* et le *Dictionnaire des difficultés de la langue française*, ce père de famille protestant se faisait un plaisir de répondre à mes questions les plus techniques. Il considérait humblement le correcteur comme un ouvrier triant les fruits véreux. Il portait des vestes de présentateur télé des années 1980.

Xavier et moi, on travaillait à l'écart du reste des équipes. Les journalistes m'envoyaient leur copie sur une plateforme numérique prévue pour. Heureusement, il y avait le correcteur automatique. Corinne, la secrétaire de rédaction, syndicaliste, s'en méfiait comme de la peste noire, car il menaçait notre gagne-pain. En effet, cet outil informatique m'a remplacé comme un clou chasse l'autre, c'est ce qu'en avait conclu Corinne.

C'est pendant la période qui suivit que je rencontrai Pierre. Il y a deux ans, j'avais débarqué au milieu d'une fête chez lui, la nuit. On a discuté et il en est venu assez directement à des considérations mystiques. Il cita l'Apocalypse de Jean, puis égratigna le roi Salomon autant qu'il porta aux nues son père le roi David, dont l'armée israélienne était, selon ses dires, directement issue. Par sa puissance, elle forçait son admiration, mais il dénonçait un complot cosmopolite internationaliste aux nombreuses ramifications sionistes. Voyant mon hostilité envers ces idées, il m'opposa un mille-feuille argumentatif auquel je ne fus pas en mesure de faire face. Il me mitraillait d'arguments qui semblaient sourcés. Ses propos me heurtaient et, paradoxalement, mon ressentiment vis-à-vis de la société trouva une résonance en lui. Puis on s'est revus, et ainsi de suite.

On croisait chez lui pas mal d'artistes et d'intellos précaires, mais aussi des potes qui, comme lui, n'avaient pas totalement perdu leurs privilèges bourgeois. Un complotisme droitier s'invitait à ces soirées en même temps que les paradis artificiels. Pierre n'était pas au courant de mon projet naissant d'écriture. Je commençais à épingler ces gens comme des papillons. Mais, me prenant de sympathie pour eux, j'étais tiraillé, je me sentais coupable. Il fallait bien ça pour les comprendre.

Je finis par prendre des distances provisoires avec ce milieu, tandis que ma curiosité obsessionnelle continua son chemin. Je cherchais la frontière la plus mince entre ma paranoïa personnelle et leurs délires collectifs ; paradoxalement, je me soignais ainsi de mes suspicions.

Mais revenons à ce présent de 2023. J'entrepris la lecture d'un roman qui m'avait naguère marqué, *Le Désert des Tartares*, avec cette fois la sensation de n'avoir jamais aimé lire. La prose de Dino Buzzati me faisait l'effet de marteaux de piano frappant dans le vide. À peine le lieutenant Drogo quittait la ville pour se rendre au fort Bastiani que je refermai le foutu bouquin. La plupart de mes livres étaient à la cave.

C'était bientôt Kippour. Esther voulait qu'on passe ensemble l'après-midi du jeûne à la syna. Je ne jeûnais pas systématiquement pour Yom Kippour, mais je venais volontiers écouter ne serait-ce que la Né'ila et, pour finir, le retentissement du chophar. Esther avait l'air de tenir à ce que je vienne. J'acceptai avec joie.

4

Un jour et une nuit par an, je retrouvais mon ami imaginaire ; il s'appelait D.ieu-comptable et aurait pardonné le Veau d'or. Cela ne faisait pas pour autant de moi un Juif de Kippour, non. Ni un Juif tout court, ne l'étant que de la moitié qui ne compte que pour des dattes, un nom à coucher dehors, une semi-gueule de métèque, le cul entre deux chaises qui ne font que s'entrechoquer – ce qui sépare les mots judéo et chrétien n'étant pas un trait d'union mais un abîme. Trop pour les uns, pas assez pour les autres : prendre conscience de sa judéité dans le reflet de l'œil de l'antisémite, de sa goyité dans le rejet de Juifs inflexibles sur la question de la transmission matrilinéaire… Bref, c'est dans cette disposition que je commençai à questionner mon identité. Mais à bien y réfléchir, je dirais que Juifs, nous le sommes doublement, nous les goyim de mère. Si vous n'êtes pas convaincus, demandez au mouton et au loup comment chacun compte s'occuper du mouton noir.

J'aimais l'intensité du Grand Pardon, le Chabbat des chabbats, ce qui n'était sûrement pas sans lien avec le caractère répétitif de certaines de ses prières. Elles tournent en rond, surtout la dernière, la Né'ila, juste avant que le rabbin souffle dans le chophar – corne de bélier poussive, trompette bégayante comme nos fêlures, selon la formule d'une rabbine dont j'avais suivi quelques offices. Cela n'a rien d'une sinécure. Ma faculté d'expiation se faisait ingrate pendant cette fête où il fallait justement, entre autres, pardonner et se faire pardonner autant de péchés que possible, revenir en arrière, au plus pur, pour voir là où ça avait merdé. Remords et rancunes tombaient au compte-gouttes.

Il était 18 heures. J'avais respecté le jeûne jusqu'ici, même si la lumière de mon salon demeurait allumée. Je pris le large des regrets avec l'ami imaginaire.

Avec Esther, on avait prévu de se retrouver une heure plus tôt. J'arrivai à la bourre à la synagogue libérale.

Devant l'immeuble, je me joignis à la foule des éternels retardataires, ceux qui n'arrivent que pour écouter le chophar. Il y avait parmi eux une jeune femme tatouée jusqu'au cou. L'heure du chophar approchait. Deux militaires tenaient la porte tout en caressant leur fusil d'assaut. Les fidèles n'y prêtaient plus garde, habitués à leur présence.

Certaines fidèles s'étaient mises à porter la kippa et le talith. Je fus en revanche tristement surpris de ne pas trouver la rabbine sous la coupole. J'avoue avoir conçu pour elle des songes dont je ne peux dévoiler la nature, après l'avoir vue pour la première fois il y a quatre ans, ici même.

Le jeune rabbin qui officiait ressemblait à un grand loup de dessin animé affublé d'une barbe rousse. Le vieux *hasan* barytonnait, accompagné par un chœur et le bourdonnement des fidèles, sous la coupole et, plus loin, sous la verrière jaune et bleue qui, les journées d'été, irradiait de lumière l'Arche sainte et les Tables de la Loi. Quant à moi, mêlant ma voix au bourdonnement des fidèles, je priais en yaourt.

Esther était au troisième rang. Dressée sur la pointe des pieds, elle parlait à l'oreille de son grand-frère Gustavo, absorbé dans sa prière. Je ne m'attendais pas à tomber sur lui. Je l'avais rencontré il y a trois ans ; il venait d'être diplômé de Sciences-po et d'avouer son homosexualité à sa sœur. Je me glissai dans le rang pour les rejoindre, quand un vieil homme corpulent au contour des yeux marron et aux longs cils de biche vint me tendre un mouchoir d'un blanc immaculé dans lequel se trouvait un coing piqué de clous de girofle qu'il me fit signe de renifler tout en l'agitant comme s'il le soupesait. Je m'exécutai avec joie, lui signifiant connaître ce rite tunisien, mon père étant de La Goulette. Le bourdonnement s'arrêta lorsque le rabbin s'exprima en français, avec des trémolos dans la voix : « Ne nous déçois pas, ne nous renvoie pas les mains vides. Nous sommes venus demander ton pardon. Ô Dieu redoutable, mais aussi notre refuge au temps de l'angoisse. Fais-nous grâce de la vie… »

Esther, comme son frère, vêtue d'habits blancs amples, n'était ni coiffée ni maquillée. Elle était arrivée deux heures auparavant, un peu après Gustavo. C'est à ce moment qu'on est sortis un instant sur le trottoir d'en face, juste elle et moi.

– Tes chaussures sont en cuir, remarqua-t-elle.

– Pas de cuir à Kippour, merde ! Ça m'est sorti de la tête.

– Je ne trouve pas ce nouveau rabbin très convainquant. (Puis, se reprenant, main devant la bouche :) T'entends ?

C'était la Né'ila, l'envolée plaintive ; il fallait qu'on rentre.

Un type est apparu à l'angle de la rue, longue barbe blonde plus crade que vos chiottes, survêtement agressif, obésité médicamenteuse. Le regard perdu, il marchait vers nous. Nous voyant attroupés là, ainsi coiffés de kippas, il cracha par terre, haineux. Alors que j'ouvrais la porte pour laisser rentrer Esther, il s'égosilla : « Boycott Israël, sionistes assassins ! À mort les Illuminati ! » Les soldats se balançaient sur leurs jambes, tandis que le type poursuivait sa route, sous le regard apeuré des fidèles. Esther cligna des yeux, incrédule. On est retournés à la prière. Gustavo m'a ouvert le Livre à la bonne page et s'est replongé dans ses incantations. Il avait les cheveux mi-longs, la silhouette élancée, portait des lunettes à monture d'écaille, plaisait sûrement autant qu'avant, voire davantage. « Plus d'une s'était essayée à lui faire virer sa cuti », avait fanfaronné Esther. Leur père, Juif argentin exilé en France, n'était plus de ce monde depuis qu'elle avait sept ans. Elle ne parlait presque pas espagnol et n'avait jamais foutu un pied là-bas. Ce qu'elle avait de plus argentin, c'était sans doute sa psychanalyse.

La Né'ila montait si haut dans les aigus que la voix du *hasan* couaqua à la toute fin. Il s'empara du chophar sur l'autel, souffla dedans à pleins poumons, *tutuuuuut* déchirant l'espace et mes viscères, *tututuuuuuu*, fit parler et chanter toutes les plaies, *tutututututututututuuuu.* Nous nous tenions tous les trois sous le *talith* de Gustavo. Esther était tourmentée ; un baiser de son frère lui arracha un pâle sourire.

En sortant, elle m'invita à rompre le jeûne chez Gustavo. Nous allâmes donc tous trois chez lui, dans le VIIIe, dans son grand appartement. Il n'avait pas l'air enchanté de ma venue. Il aurait détesté qu'il se passe quelque chose entre Esther et moi. Non pas parce que j'étais goy ou, pire, séfarade, mais parce qu'il espérait mieux qu'un *schmock* pour sa petite sœur fragile. Il avait beau être de gauche, Gustavo était un vrai patriarche. Si bien qu'il ne faisait quasiment jamais la cuisine. Il avait prévu de commander à dîner.

– À toi de choisir, me dit-elle.

– Un couscous au poisson.

Je surpris dans le reflet de la fenêtre Gustavo levant les yeux au ciel.

On s'est accordés sur un italien. Trois escalopes milanaises, cocha Gustavo sur sa tablette.

Le livreur arriva avec nos escalopes milanaises et nos tiramisus. Avant d'attaquer, Gustavo voulut réciter une dernière prière, Esther s'était déjà jetée sur sa viande. Elle était un poil trop sèche, mais quand on sort d'un jeûne on n'est pas difficile.

En apprenant ce qui était arrivé tout à l'heure, Gustavo resta d'abord circonspect. Il demanda à Esther de rembobiner le déroulé de l'incident, claqua la langue, planta sa cuiller dans le tiramisu.

– Un déficient mental, décréta-t-il.

Elle me prit à témoin.

– Et toi, tu as bien entendu ce qu'il a dit ?

– On a encore le droit de critiquer la politique d'un pays, fit remarquer Gustavo. Je me demande si on doit pardonner à cet individu.

Nous étions tous les trois d'avis que non. Gustavo voyait ce déchet humain en réincarnation d'Amalek, descendant d'Ésaü dans le livre de l'Exode, et père de tous les antisémites. Celui dont l'armée attaquant les Hébreux par-derrière n'avait pas été engloutie par la mer à la sortie d'Égypte, contrairement à celle de Pharaon. Celui dont on doit se souvenir, ne jamais oublier sa haine pure, pour le vaincre, mais il revient toujours, car tout ce qui perpétue le mal en général et la haine envers les Juifs en particulier, est réincarnation d'Amalek, ennemi par-delà la mer Rouge, le Sinaï et la Terre promise vers laquelle marchait le peuple affranchi. On dit que D.ieu finira par effacer sa mémoire de nos vies, que la guerre d'Amalek disparaîtra à force de s'en souvenir, comme l'armée de Moïse avait fini par le vaincre une première fois, sur ordre de l'Éternel Ami imaginaire. C'était l'avis de Gustavo. Esther le trouva bien naïf, et moi j'avais envie d'y croire, car ce soir de Kippour devait se solder dans la joie.

5

Je ne saurais dire ce qui ressuscita le trouble. Peut-être une indigestion, un paiement refusé, ou bien rien : un truc purement chimique. Mon sommeil se raréfia. L'état d'angoisse dans lequel je m'installai fut tel que j'en conçus des courbatures puis des paralysies du sommeil : coincé dans mon corps comme dans du béton, les yeux ouverts en rêve sur chacun des détails de ma chambre, j'entendais venir les voix assassines, des djinns à la gueule béante me tourmentaient, m'étranglaient, me sirotaient l'âme, menaçaient de me violer ; j'étouffais jusqu'à me réveiller à bout de souffle, dans une flaque noire comme la mort, endolori dans tout le corps. Mes nerfs étaient à plat, ce qui nourrissait en moi une méfiance grandissante contre tout et rien, deux événements anodins mais se ressemblant de trop. Mais je me refusais à voir là un système global de persécution, bien que parfois tenté, avais-je noté dans les fichiers préparatoires à la rédaction du livre que j'allais écrire.

Ennemi imaginaire, fièvre du soupçon, diable personnel. À une trentaine de mètres devant, rue Poliveau, il foula incognito le chemin du hasard, caché derrière des lunettes noires qu'irradiait le soleil blanc d'automne. Je les vis se hisser sur un front soucieux puis une chevelure précocement grise et par ailleurs familière. Mon ancien collègue Xavier dépassait un platane, puis un autre, la main levée en guise de visière pour s'abriter du soleil, grimaçant. Quand ses yeux plissés se sont posés sur moi, je détournai les miens, bien qu'ils fussent à la fois aimantés vers cet homme à la maigreur austère, comme dans un rêve étrange. Il m'avait vu. Un je ne sais quel vice nouveau se dégageait de son attitude. Xavier avait perdu sa gueule d'ange. Il m'apparut étranger, et même hostile. La raison m'en sembla si parfaitement claire que je n'aurais su la définir ni même l'intellectualiser, comme observée de trop près ou à travers un judas, évidente et floue.

Il me parlait mais je n'entendais pas ce qu'il disait, à cause d'une rafale de vent chargé de gaz d'échappement. À travers sa chemise turquoise, l'auréole sous son bras me rappela instantanément les vapeurs acides du bureau-aquarium au deuxième étage du journal, le papier chaud, la pluie rapportée sous les semelles, et le reste.

Il me tendit une main ferme et moite. Alors le soupçon s'épanouit comme une fleur vénéneuse éclosant dans ma poitrinc. L'angc des correcteurs prit carrément les atours d'un traître. Il m'informa de je ne sais quelle nomination au *Contemplatoire*. Je me rappelai alors que ce dernier n'était qu'à une station de métro.

Il avait tenté de m'appeler deux fois depuis mon départ, m'annonçant dans un message vocal confus, de sa voix efféminée, être en mesure de m'aider à retrouver du travail. Après l'avoir remercié, je lui ai dit que j'étais à la bourre et je l'ai planté là.

Plus loin, je jetai un coup d'œil derrière mon épaule pour m'assurer que Xavier avait bien disparu à l'angle de la rue, comme s'il se rendait effectivement au journal. J'appréhendais qu'il soit encore là, ou que le soupçon se soit départi de lui, que l'air à l'endroit où mon ancien collègue s'était trouvé demeure habité par l'essence de cette fièvre. Rien de tel n'advint, juste un vent plus doux qui venait de la direction opposée. Le soupçon n'avait pas disparu. Il troublait la ville, comme une larme d'anis dans un verre d'eau. Je savais qu'il reviendrait vite, repousserait comme la queue d'un lézard, avec son petit judas.

En passant ma porte d'entrée, le jeu forcé de ma pensée s'arrêta.

Je veux parler de tentation, de frontière interdite entre paranoïa et complotisme. Pourquoi ce diable personnel et non collectif ? J'ouvris cette fois le fichier « Fièvre du soupçon » et notai mes impressions quant à cette frontière. Bientôt, j'aurai rassemblé suffisamment de documentation pour écrire.

6

MISE EN DEMEURE DE PAYER DU 23 OCTOBRE 2023

Monsieur,

Je suis chargé par la société Électricité de France, gestionnaire contentieux de ce dossier vous concernant, de procéder contre vous au recouvrement de votre créance d'un montant de 1 200 euros.

J'ai l'instruction formelle de diligenter à votre encontre une procédure d'injonction de payer devant le tribunal de votre domicile.

Sans règlement de votre part sous 100 heures à la société de recouvrement Debitum Solucionis, vous vous exposerez aux mesures qui en résultent.

Afin d'éviter tout recours extrême, veuillez faire parvenir votre règlement à la société Debitum Solucionis – 12, avenue Victor Hugo – 75016 Paris Cedex, dès réception de la présente, par chèque, mandat ou virement à destination de CCP Paris, sans omettre votre numéro de dossier : 06489328.

Veuillez agréer, Monsieur, l'expression de nos sentiments distingués.

Me Jacques Italo,
Huissier de justice

Tout en lisant le document, je me suis arraché une cuticule au pouce ; ça a perlé ; une goutte de sang a taché l'enveloppe à côté du cachet rouge également, la nymphe des huissiers avec sa couronne en forme de soleil alors qu'elle fout la mort. Sur Internet, un huissier parisien répondait bien à ce nom ; j'ai mémorisé son air aviaire et morne sur la photo. Ma recherche était de simple curiosité, car à ce moment il eût été impossible de déceler dans mon rapport à mon environnement quoi que ce soit de comparable à la fièvre exprimée dans les pages précédentes.

Midi approchait. Je me suis servi un verre de whisky sec. Et, pour la peine, suis allé me consoler à *La Table de Grandgousier*, dans une rue proche de la place de la République. Ce restaurant, que dis-je ?, cette institution de la bouffe rétrograde, était l'unique au monde à servir un succulent coquelet farci et rossini aux pommes de terre sarladaises. Il était farci aux gésiers de volaille, et sur son dos fondait une semelle de foie gras de canard. Quant aux pommes de terre grenaille, elles sentaient fort le thym et la graisse d'oie.

Sur la terrasse, bien ancré dans le présent, je me fis apporter mon pichet de vin du jour, un fameux côtes-du-rhône. Je salivais à l'idée de ce plat qui ne m'avait jamais déçu. Sur la carte, les prix n'étaient pas exorbitants, 14 euros la saucisse au couteau sur son lit de lentilles, 18 la cervelle d'agneau aux câpres, 10 l'aligot, 16 la salade aux gésiers de canard et au lard, 28 la sole meunière, 15 les rognons à la bière, 17 euros le coquelet. J'ai parlé de la lettre au serveur, qui tout en approuvant mon sens des priorités suspecta une arnaque. Il s'appelait Octave, correspondait en tout point à l'image franchouillarde de la maison, refusait de voir les événements tels qu'ils paraissaient être, et niait l'existence du hasard. Je l'avais bien noté quelque part.

Deux fines rouflaquettes rousses soulignaient sa hargne, qu'il m'exprimait de plus en plus ouvertement à mesure que je revenais déjeuner. Il avait ses têtes et m'aimait bien. Il avait voulu me brancher sur ses histoires de nouvel ordre mondial et de nazis planqués au centre de la Terre.

Il sortit de la poche de son tablier bordeaux un paquet de clopes. Il en fit jaillir une, la tassa nerveusement sur son ongle et l'envoya, avec l'adresse d'un lanceur de couteaux, dans sa bouche asymétrique.

J'avalai une pomme de terre, si fondante qu'elle dégringola en chute libre dans mon estomac. Soudain, un roulement de tambour retentit au loin, suivi d'un aboiement rauque et d'un braiment d'âne. Puis s'annonça le murmure d'une foule bruyante, rassemblée autour d'un char ambulant qui s'approchait du centre de la place et de la statue. Juché dessus, un type gueulait dans un parlophone ; sa voix me disait quelque chose. Le serveur se pointa, en rogne, fulmina, tira comme un dératé sur sa clope, le regard tout tendu vers ce qui se révéla être une manifestation de militants antispécistes.

– Putain, encore eux ! dit-il. Non mais vise-moi ce tas de cons dégénérés ! C'est eux, les nouveaux nazis !

L'orateur sur le char n'était autre que Jean-Paul

Macaron, l'ancien présentateur télé reconverti dans la lutte de salon. Je l'avais un temps suspecté de choisir ses indignations selon des algorithmes. Il avait, entre autres, justifié, à demi-mot, l'assassinat de Français de confession juive, « parce que c'était surtout en réaction au génocide des Palestiniens ». Bien qu'il fût encore trop loin pour qu'on l'entende distinctement, il était bien reconnaissable à sa gestuelle survoltée qui orchestrait sa parole ou masquait son insignifiance, à sa chemise blanche ouverte sur un torse imberbe et à sa mèche grise au vent. Des dents toujours sorties, agressives. Une caméra le filmait en contre-plongée. L'image était retransmise sur un écran géant planté juste derrière lui.

– Ils prêchent, les bouffeurs de soja ! pesta Octave. Dans les médias, partout, ils nous traquent !

– Tu veux dire qu'un complot se fomente autour du soja ?

Il ne dit rien, percevant le ton ironique de mon propos.

– Ça nous fait plus de viande, fis-je en haussant les épaules, avalant en même temps un morceau de cuisse.

– Profites-en. Un jour, tu boufferas plus que du poulet de souche, et encore !

J'en vins au croupion. Il fondit entre ma langue et mon palais. J'ai eu un orgasme quand les vertèbres se sont désolidarisées, à en oublier presque le char qui s'était arrêté au milieu de la place. Jean-Paul Macaron fit une pause, but une lampée d'eau et poursuivit avec l'emphase d'un prédicateur :

– Quand je me regarde le soir dans la glace, je ressens une profonde honte d'appartenir à l'espèce humaine.

Je vomis mes semblables qui ne savent pas respecter le monde qui les entoure. Ensemble, prenons nos responsabilités, stoppons l'extermination. Sortons le monde de sa schizophrénie, en allant, partout, sur les réseaux sociaux, dans les abattoirs, les universités, multiplions les grèves de la faim ! Faisons cesser l'holocauste animal !

– Tu vois ! s'exclama Octave qui était revenu avec un torchon sur l'épaule. C'est bien c'que j'disais. Un hystéro !

– Oui, ils communiquent, relativisai-je.

– Longtemps, poursuivit Macaron, j'ai été pacifique. Et puis j'ai réalisé qu'on était dans une dictature de la non-violence ! Pourquoi ne légitimerait-on que les stratégies de lutte non violentes ? Et d'abord, de quel côté se trouve la violence ? Du côté des génocidaires ! Depuis que je vous parle, un million d'êtres sensibles ont été assassinés sans vergogne. La non-violence a besoin de la violence pour inquiéter. Alors prenons d'assaut les industries de la mort !

– Ce bobo donneur de leçons n'a jamais foutu les pieds dans un abattoir ! s'écria Octave.

– Les lobbys génocidaires ne savent plus quoi faire pour nous réduire au silence. Leur crépuscule est venu ; par la force nous les ferons ployer, car c'est aux luttes violentes qu'on doit nos acquis sociaux !

– Tu parles… Il est né avec une cuiller en or dans la bouche.

– En Algérie, c'est pas les bisounours qui ont mis fin au colonialisme ! Amis, reprenons avec courage les voies de la résistance ! L'État devra répondre de ses crimes d'extermination !

Ce mol appel à l'insurrection suffit à soulever une foule clairsemée. La mèche de Jean-Paul Macaron virevoltait ; sa voix montait dans les aigus comme celle d'un ado. A priori, cet homme n'était pas une chance pour la lutte antispéciste.

Entre le restaurant et la manifestation, à une centaine de mètres, se trouvait une jeune militante, blonde, une beauté slave, esseulée. Sur son visage, quelque chose de métallique scintillait au soleil. L'écran s'éteignit, puis se ralluma, sans plus l'image de Macaron. Dans la blancheur d'une publicité pour un cabinet dentaire, un type parlait sur le ton d'une confession, visage flou, voix parcourue de sanglots :

– Je préfère l'annoncer tout de suite, voilà, j'ai été un ouvrier de la mort, j'ai assassiné des milliers de bêtes. Puis, un jour, je ne sais trop comment, j'ai eu la révélation. J'ai emporté au travail une caméra cachée, et j'ai tout filmé, voilà. J'ai filmé l'enfer.

Dans une pièce, remplie de carcasses d'animaux suspendues à des crochets, un veau sous-alimenté était en train de glisser sur le carrelage maculé de sang, pendant qu'un ouvrier en combinaison blanche lui foutait un coup de Taser dans le corps. La bête s'était affaissée, les pattes recroquevillées vers l'intérieur, la tête toujours dressée. Alors l'ouvrier lui a troué le crâne avec un pistolet d'abattage. Puis l'image s'est figée et un texte est apparu : « Humain, ouvre les yeux et vois les larmes causées pour tes plaisirs de la chère. » Dans une autre séquence, on voyait un cochon pendu par les pattes. Des hommes l'égorgeaient et du sang giclait partout, jusque sur la caméra.

Là, j'avoue, j'ai posé mes couverts. Le cri d'un autre cochon qui allait subir le même sort me fit grincer des dents. L'arrêt du film fut brutal, comme si la bobine avait sauté. Un enfant s'est évanoui dans la foule. Un homme a accouru. Geste assuré d'un médecin. Macaron s'est fait huer. Ce qui ne l'a pas empêché de reprendre la parole :

– Ces images sont violentes, dit-il sans perdre son aplomb. Mais c'est pas de ma faute. La vérité ne doit discriminer personne, même pas les enfants ! Quelqu'un a dit un jour : « Si les abattoirs avaient des murs en verre, tout le monde serait végétarien. » Alors, moi, l'intellectuel descendu dans la cité, j'exige une parfaite transparence quant au traitement réservé aux animaux !

La fille à la beauté slave s'approchait du restaurant ; elle appliquait un mouchoir là où ça brillait, une sorte d'énorme piercing qui lui traversait la joue. Je reconnus la forme d'un gros hameçon, la pointe vers l'extérieur. Elle pissait le sang. Je me levai pour aller la secourir, certain qu'elle venait de subir une agression.

– J'appelle les urgences, venez vous asseoir !

Surprise, elle recula.

– Appeler les urgences ? Mais je vais très bien !

– Vous avez un hameçon planté dans la joue, et vous saignez !

– C'est un geste militant, t'es idiot ou quoi ?

– Militant ?

Elle alla s'asseoir, à ma place, sur la banquette. La vue du coquelet lui fit pousser un cri. Elle pointa alors un doigt accusateur dans ma direction :

– Savez-vous combien d'espèces sont mortes pour remplir votre assiette ?

– Je vous demande pardon ? lui répondis-je en regardant mes chaussures.

– C'est un plat discriminant, intervint le serveur ironique. Parce qu'il contient exclusivement de la volaille, voyez-vous. Laissez mon client tranquille !

– Ça va, tentai-je de le calmer. Elle ne m'embête pas.

– Vous n'auriez pas la même compassion si j'étais un poisson ! fit-elle remarquer.

Octave se fouettait la main avec son torchon ; le faisant tourner comme une hélice, il devenait menaçant. Elle détourna la tête et s'adressa à moi :

– Et si c'était votre mère, le coquelet ? Avec votre père en foie gras !

– Oh, vous fatiguez pas, j'ai déjà perdu l'appétit…

– Heureuse de l'apprendre.

Le tambour retentit à nouveau, puis le silence se fit dans la foule, un silence religieux. Cinq beaux ânes bruns rejoignaient la manifestation, au pas, côte à côte, surréalistes.

– Mais qu'est-ce que c'est que ce bordel ? demandai-je.

– Vous ne les connaissez pas ? répondit la militante excédée. Ok *boomer*. Les ânes témoins nous accompagnent dans la lutte. On leur confesse nos péchés de viande.

Macaron sauta du char et rejoignit la foule regroupée autour des bestioles. La fille envoya valser mon assiette par terre, se leva et partit en brandissant son majeur vers Octave qui, dans une colère noire, appela les flics. Énigmatique, elle lui promit, sur la tête des ânes témoins, une prochaine visite nocturne « de courtoisie ». Davantage que cette offense, le relativisme historique de Macaron me resta en travers de la gorge le reste de la journée. Ce sophisme abject était devenu anodin.

7

Cette chose étrange, qui m'enveloppait dans un demi-sommeil, était non plus du béton mais un placenta de volupté. J'ignore combien étaient les anges qui me visitèrent cette fin d'après-midi-là, ni même ce qu'ils se dirent exactement ; ils étaient en tout cas si réels !

Leurs voix venaient de partout, saturaient l'espace avec de plus en plus d'intensité, à mesure que le bien-être se propageait dans mon corps.

Brutalement, ils se turent, s'en allèrent dans un rire. Je les regrettai aussitôt, les invoquai pour qu'ils reviennent ; trop tard. Puis, croyant ouvrir les yeux sur la pénombre, tout m'apparut dans le bon ordre, à cela près que je me sentis envahi, dans les mains, les hanches, la poitrine, par cette troublante sensation : celle de jouir dans un corps de femme. Cela me troubla de la façon la plus singulière. Je me laissai aller à ce plaisir. Attiré par mon propre corps, j'en subissais maintenant l'accouplement, ce fut atrocement bon.

Sursautant, les deux yeux bien en face des trous, j'ai sitôt haï l'afflux de sang entre mes jambes, repoussé ce fantasme étranger avec violence, les cuisses encore parcourues de tremblements. J'ai pris une douche froide illico pour me débarrasser de l'érection qui me faisait un mal de chien. En sortant de la douche, quelque peu ravivé, je tirai sur un cul de joint, et me préparai à aller prendre l'air.

Dehors, la rue était déserte, et pourtant la fièvre du soupçon me frappa en plein cœur, alors que je me trouvais sur le chemin de l'épicerie. Un certain nombre de signes que je pus constater, porteurs d'une charge de signification négative, se refusent à toute description, il me faut renoncer à en rendre compte. Il se tramait quelque chose contre mon âme. Les passants avaient été jetés là à l'emporte-pièce pour participer à son assassinat.

Diable personnel ! Je courus m'enfermer à double tour, mais l'entité âmicide m'emboîta le pas jusqu'à mon appartement. Un couteau de boucher à la main, j'ai inspecté la salle de bains, les placards, sous le lit, fermé les rideaux, la carotide *boum boum*. Esther devait venir dîner ce soir-là. Merde. On en avait parlé deux jours plus tôt, elle m'assura qu'elle s'occuperait de tout. Au moment où je commençai à envisager de feindre une gastro, elle me dit par texto qu'on allait dîner japonais. Ne trouvant pas la force de dire non, j'estimai d'abord qu'Esther était étrangère à la kabbale dirigée contre moi. Elle était là, plantée derrière la porte, les mains vides puisqu'elle allait commander sur une application. En guise de salutation, elle avait levé vaguement la main, ses yeux d'oiseau, rougis, rivés sur ses pieds, et avait reniflé un grand coup.

Elle reprenait ses marques, cherchait des changements dans la pièce qu'elle ne trouvait pas, sauf le couteau sur le bureau qui ne la fit pas tilter. Sur la cheminée, elle jeta son chapeau ; sur le fauteuil, son sac à main, avant de s'y laisser tomber et de pianoter sur son bigo.

– Attends deux secondes. C'est juste que je suis en train de rompre, c'est compliqué. Avec un perv' narcissique. Oh, pourquoi je n'ai pas écouté ma psy ! Voilà, c'est bon.

Sous son pouce défilaient maintenant les menus. Elle s'arrêta sur une salade de saumon avocat, une soupe miso, et une bouteille de chablis. J'optai pour des ramens sautés au canard et des yakitoris. Elle s'alluma une Vogue bleue dans le mauvais sens, s'agaça, renonça.

– Les mecs se tirent tous comme si, je ne sais pas moi... comme s'ils avaient trouvé le diable en moi.

Je reculai, stupéfait : était-elle au courant ?

– Tu trouves que je fais peur ? dit-elle, dans un sanglot.

– Non, je ne trouve pas.

J'ai vérifié deux fois si la porte d'entrée était bien fermée à double tour. Esther regarda l'inquiétant couteau sur le bureau, puis tourna vers moi une tête sinistre, et entra dans le vif : ce qui l'intéressait principalement chez moi.

– T'as des problèmes en ce moment ?

– Je ne suis pas ton patient, Esther.

– T'as l'intention d'égorger quelqu'un avec ce couteau, hein ?

Elle rit ; moi, jaune. Je la trouvai soudain effrayante, oiseau de mauvais augure, comme si elle était soumise à un envoûtement. Je ne saurais dire quels détails exacts m'avaient mis la puce à l'oreille, mais Esther n'était plus si étrangère à ce qui me persécutait. La chose s'était emparée d'elle.

Les ramens arrivèrent deux verres plus loin. Ils étaient tièdes ; la pâte était molle, pareille à un ver de terre dilaté dans l'eau d'une soucoupe.

– C'est ça ! S'ils se tirent, c'est que j'ai le diable au corps !

– Arrête ça tout de suite !

– Et toi, qu'est-ce que tu caches ? demanda-t-elle en désignant mon front.

– Je crains qu'il n'y ait une incommunicabilité, dis-je avant qu'un long silence ne s'installe.

– Allons faire un tour, suggéra-t-elle.

– Non. Je ne sortirai pas d'ici.

– Mais pourquoi ?

– Il est hors de question que je foute un pied dehors !

Elle engloutit un cube de tofu avec une expression de stupéfaction mêlée d'ironie. Puis, après un nouveau temps mort :

– Tu n'as jamais été vraiment soigné. Mais tu sais, il n'est jamais trop tard. Ta main ! Elle tremble comme une feuille.

– Donne-moi ton verre, il est vide.

– Merde, mais qu'est-ce que t'as ?

J'empoignai mes cheveux et explosai :

– ESTHER, JE COURS UN GRAVE DANGER !

Elle eut un mouvement de recul.

– Qui pourrait en avoir après toi ?

– Si je te le dis, *ils* te tueront.

Elle devint livide.

– Qui ça, *ils* ?

– *Ils* te tueront, crois-le, si je parle. À moins que… tu ne sois des leurs. Esther, tu n'es pas venue pour m'assassiner l'âme, pas toi ?

– Mais qu'est-ce que tu racontes ! Ok. Je vais appeler des personnes qui vont venir pour ton bien.

– Meurtrière d'âme ! Tu as du sang d'âme sur les mains !

– Arrête ! hurla-t-elle. Écoute. Tu m'as déjà effacée de ta vie avec tes délires. Deux fois. Tu vas recommencer, hein ? Et merde ! Tu vas répéter toute ta putain de vie la même histoire. Ton disque est over-rayé ! Mais tout ça c'est toi, putain, c'est pas écrit d'avance, c'est toi ! Tout le monde t'a oublié, pauvre ami.

Nouveau temps mort, silence, etc.

– Ah non, pardon, il te reste le complotiste, se reprit-elle dans un rire mauvais. Si tu continues avec tes délires de persécution, tu vas finir comme ce malade mental !

– Laisse Pierre où il est.

– Va te faire foutre !

– Chut. Écoute-moi.

Alors que je tentais de lui prendre les mains, elle bondit du fauteuil, furieuse.

– Esther, j'ai quelque chose d'important à te dire, repris-je en m'avançant sur la pointe des pieds, mains tendues vers elle, comme pour l'empêcher de se jeter par la fenêtre. Tu cours un grave danger à rester ici. Va-t'en !

J'avais certes un peu surjoué ma folie. Elle s'en aperçut et admit pour de bon que sa compagnie ne m'était plus du tout désirable. J'eus de moins en moins de doutes quant à ce qu'elle fût animée de mauvaises intentions. Le visage tordu par la colère, elle m'assena une gifle, aussitôt regrettée ; sa bague m'avait fendu la lèvre. J'ai laissé le sang couler, tout en la regardant en silence. À la porte, elle m'a dit de ne plus jamais la rappeler. Des sanglots lourds me vinrent, pourtant mes yeux restèrent secs.

8

Depuis leur rencontre, il y a une dizaine d'années en cellule de dégrisement, Pierre et Gonzague avaient traversé des tempêtes dans leur amitié. Il y avait à cela une principale explication. Peintre à la mauvaise réputation, Gonzague avait inspiré à Pierre un personnage récurrent dans ses livres. Si ces portraits peu flatteurs déplaisaient fortement au peintre, l'écrivain ne pouvait s'empêcher de recommencer, et chaque sortie de livre s'accompagnait de vexations. Heureusement pour Gonzague, Pierre n'écrivait plus depuis un bout de temps.

Gonzague conduisait un vieux break Volvo bleu rongé par la rouille, cabossé de partout, aux sièges en cuir beige craquelés ; un veau de ferraille qu'il appelait « la Volvache », allez savoir pourquoi ? En guise de Klaxon, elle claironnait le début d'une *cucaracha* qui s'enrouait sur les quatre dernières notes comme l'aurait fait un coq en fin de vie, ce qui me rendait nostalgique d'une époque que je n'avais pas connue. Les automobilistes à ce moment ouvraient de grands yeux incrédules, non seulement parce qu'on entendait plus ces Klaxons que dans les films avec De Funès, mais aussi parce que l'aimable mélodie trompait bien son monde : quand il se trouvait dans la Volvache, Gonzague nous faisait un syndrome Gilles de La Tourette. Façon de parler.

Par chance, la voiture démarra au premier coup de clef. Sur le siège passager avant, Pierre, qui allumait une cigarette avec la précédente, d'humeur joviale, se taisait, comme s'il était amoureux. La deuxième vitesse enclenchée, le moteur manqua de se noyer, puis nous fûmes sortis d'affaire pour un bout de temps. Au premier feu rouge, Gonzague extirpa un fond de Poliakov de sous son siège. Il en engloutit trois grosses gorgées, passa la bouteille à Pierre, puis vint mon tour. Pleine de particules louches comme dans une boule à neige, la vodka était aussi brûlante que les sièges : j'ai failli tout dégueuler sur le crâne bien garni de Gonzague. Étant de ces chauffards perpétuellement ivres qui n'avaient jamais vu un alcootest, il formait à lui seul une véritable campagne contre la sécurité routière.

Il vivait à Montrouge dans un cagibi accolé à son atelier, où il réalisait, entre autres, des portraits évoquant l'univers de Francis Bacon par leur noirceur et leur mouvement concentrique, disait-on. D'ailleurs, ça faisait un moment que Pierre prophétisait que son ami deviendrait le nouveau Bacon. Mais les prophéties de Pierre ne sont pas infaillibles.

Pierre et Gonzague se retrouvaient sur deux principales croyances : celle selon laquelle tout événement tenu officiellement pour vrai est le résultat d'un acte de volonté cachée, et l'autre selon laquelle tout se tient et se recoupe par le biais de cette volonté même. Des codes langagiers et corporels qu'ils adoptèrent ensemble, sorte de métalangage, me tenaient à l'écart de ce terrain sectaire de leur amitié ; je n'appartenais pas à leur communauté de suspicion. C'était pas plus mal, même si supporter en silence leurs élucubrations paranoïaques n'était pas de tout repos. J'ai parfois eu envie de hurler et de me taper la tête contre les murs à les entendre ainsi théoriser en roue libre.

Paradoxalement, mes délires s'estompaient en leur présence, comme si les complotistes avaient le pouvoir d'absorber mon diable personnel, comme s'ils en étaient l'antidote. Je l'avais déjà constaté depuis longtemps. Et j'en avais bien pris note.

Comme Pierre, Gonzague était anarcho-nationalisto-capitaliste – ne me demandez pas ce que cela veut dire. C'est le premier qui avait converti le second au dogme. Mais, contrairement à Pierre qui était né anar de droite, ce fils d'ouvrier avait été encarté au parti communiste dans une autre vie. Il haïssait qu'on l'y renvoie, et moi j'évitais de le faire, car ça ne m'amusait plus trop de lui chercher des noises. Et puis, il était sacrément nerveux, et si large que son dos débordait du siège. Avec sa gueule d'ouvrier anglais au gras dur, à l'œil fixe et larmoyant, il intimidait autant qu'il attirait les coups.

Nous roulions vers le sud de Paris.

– *Tatatata, ta ; tatatata, ta ; tatatatatatatata !...*

Pourpre, Gonzague vociféra :

– FILS DE PUTE DE GIGANTESQUE REMPLACEUR !

Une camionnette qui nous avait coupé la route au niveau de l'ancien rond-point de la Bastille pila juste à temps. Le conducteur avait entendu, c'était un grand Black costaud. Il sortit du véhicule en faisant claquer dans sa paume une matraque télescopique. Gonzague ferma la vitre et accéléra comme si de rien n'était. Pierre lui gueula dessus un grand coup. Quand ils se chicanaient, on aurait dit une réincarnation décadente de Laurel et Hardy.

La voiture s'engagea sur le périph.

Ce jour-là, me sachant mal en point, ils m'avaient réservé une surprise. L'idée venait de Pierre. De cette expédition, je ne savais presque rien en partant. « Une partie de campagne », s'était-il contenté de me dire, et je n'insistai pas, car j'étais devenu apathique.

Le poste de radio diffusait une émission sur Orwell. La jeune animatrice posait des questions à la con, auxquelles un biographe ronflant répondait avec une malice confite.

– Si la réalité a dépassé Orwell, pourquoi est-il de plus en plus lu ?

– Eh bien, je dirais plutôt qu'il n'a jamais été autant d'actualité. 1984 n'est pas une date péremptoire, hein, ricana l'intellectuel. Mais sa prescience ne signifie en rien que c'est un roman d'anticipation, on a tort de prendre *1984* comme une prophétie…

– Et la société de surveillance, on en parle, vieux connard ! éructa Gonzague.

– Ce rat d'académie salit Orwell, soupira Pierre, et cette journalope est une écervelée.

– Qu'est-ce que vous lui trouvez, à ce Orwell ? les provoquai-je.

– Mais il a vu tout juste, mon vieux, même s'il semble toujours sur le point d'être dépassé par la réalité ! Ils font exprès de dénaturer *1984*. Parce que, écoute-moi bien, le jour où la société aura vraiment pigé ce livre, la communauté organisatrice aura un putain de souci à se faire. Mais elle se sert d'Orwell un peu comme Goebbels l'a fait avec Nietzsche. Big Brother est partout mon vieux, c'est un fait.

– Big Brother, c'est la gauche bien-pensante, dit Gonzague en se détournant de la route pendant trois longues secondes pour boire de la vodka. Les journalopes ! Soit des chômeurs, soit des putains comme cette connasse ! hurla-t-il comme un goret en s'insérant sur la départementale.

Pierre éteignit la radio, fit basculer son siège et s'allongea quelques minutes. La Volvache commençait à slalomer, débordait tantôt sur la voie de gauche, tantôt sur la voie d'arrêt d'urgence. Un cabriolet nous doubla en klaxonnant ; Gonzague écrasa son majeur boudiné contre la vitre.

– *Tatatata*, *ta* ; *tatatata*, *ta* ; *tatatatatatatata* !...

– Sale pute ! Moi j't'encule la bouche !

– Ta gueule ! lança Pierre en se retournant vers la portière.

– Toi, ta gueule.

– Tu es vraiment, mais alors vraiment très con, Gonzague, souffla Pierre, l'air désespéré en se redressant et en s'étirant.

Juste après un panneau indiquant qu'Auxerre était à cent bornes, on a rejoint une petite route ; Pierre a rentré l'adresse de la destination dans le GPS. C'était un patelin dans le nord de la Bourgogne, près de Sens et d'une forêt connue pour ses chantiers d'archéologie...

Kilomètres, routes, silences, musique... Enfin, au bout d'un cul-de-sac étroit, la voiture s'est arrêtée devant un grand portail en fer forgé, flanqué de deux caméras de surveillance. La « propriété privée » était fermée par un grillage sous haute tension, surmonté de barbelés.

Pierre et Gonzague m'ont regardé et ont explosé de rire.

Pierre est allé sonner à l'interphone. Il s'annonça à voix très basse comme s'il devait livrer un code secret ;

le portail ne s'ouvrit que d'un battant pour qu'on entre sans la caisse qu'il fallait laisser à l'extérieur.

Devant nos yeux se dessinait une clairière, puis un bois de chênes et de hêtres, que traversait un chemin accidenté parcouru de traces de roues de 4×4. Là, un énorme doberman à l'air particulièrement accueillant nous fonça dessus, babines retroussées, grognant. Pierre ne cilla pas, habitué à ce comité d'accueil. Le chien s'arrêta net devant nous, tendu comme un arc, lança une quinte d'aboiements féroces, avant de repartir aussi vite s'enfoncer dans les bois.

L'air y était un peu plus frais, je m'y sentis mieux et, en regardant la cime des arbres, je fus pris d'un doux vertige. Un geai fendit l'air en poussant son piaillement métallique. Plus loin, un cochon domestique traversa le chemin juste devant nous en nous ignorant superbement. Déjà à court de souffle, Gonzague appliqua sa langue sur ses lèvres sèches, se caressa le ventre, les yeux plantés comme deux fourchettes sur le petit suidé rose :

– C'est quand qu'on bouffe ? J'avalerais un porc entier.

Et, à mon adresse, le ton plein de sous-entendus :

– Si t'es sage, t'auras droit à un jambonneau.

Nous abordâmes une longue côte. Pierre marchait devant ; je pouvais voir son sourire se dessiner derrière ses joues. Puis il se figea, se tourna vers nous, index sur les lèvres. Le cochon s'éloigna en couinant. Il y eut des craquements de bois suspects.

– On nous observe, dit Pierre d'une voix calme.

9

Là, devant mes yeux, une flèche fendit l'espace qui me séparait de Pierre et transperça, dans un bruit sourd, le tronc épais d'un chêne bordant le chemin. Le temps de comprendre, une vague de sueur froide noya mes membres alourdis, me tirant de ma léthargie. Pierre se jeta à plat ventre sur la terre caillouteuse, Gonzague hésita un instant, puis se laissa mollement tomber sur le sol.

En suivant la direction indiquée par la flèche, nous trouvâmes le tireur, posté derrière un buisson de fougères, une arbalète au poing braquée sur nous. Une stupide toque en fourrure de raton laveur lui mangeait les deux tiers du front. Sa chemise était raide de crasse. Sur sa face anguleuse, un masque d'anxiété semblait lui provenir d'une vie antérieure. Il me jaugeait d'un œil torve et vitreux. J'attendais qu'il parle enfin, mais il se contenta de se gratter l'arrière du crâne, ce qui, un instant, me fit oublier son expression d'hostilité. Pierre se releva, s'épousseta et remit sa mèche en place.

– Y'a un problème, mon vieux ? demanda-t-il, sur le ton de quelqu'un demandant à un automobiliste arrêté, en panne, sur le bord de la route, s'il a besoin d'aide.

L'homme gardait le silence, continuant à poser sur moi son regard implacable.

– Tu comptes jouer à Guillaume Tell longtemps, dis ?

– Hé, l'idiot du village, t'entends quand on te parle ?! s'écria Gonzague.

– Allez, range ça, sois gentil, ajouta Pierre.

L'autre la fermait toujours, mais il m'a semblé que ses lèvres tremblaient, de rage et d'une profonde frustration. Il voulut prendre une inspiration, comme pour dire une parole d'importance, mais resta sans voix, alors que Pierre s'apprêtait à reprendre sa marche, comme si de rien n'était. Je me suis répété que tout était normal, et j'ai expiré longuement, encore tiraillé entre le rire et la peur.

De l'autre côté du chemin, s'avançait vers nous un grand blond, torse nu, à la barbe rousse. Le bleu franc de ses yeux me plut d'emblée. Taillé comme un lutteur, cet homme était doté d'une prestance animale frappante, qui n'enlevait rien à la bienveillance de son sourire. Il alla vers Pierre, écarta en Christ ses bras puissants et les referma sur son ami qui, à côté de lui, avait l'air d'une poupée de chiffon. Puis le géant lança au simplet un sourire entendu qui lui fit baisser son arme. Il avait l'une de ces têtes de gentil dont on sentait qu'elle pouvait devenir sans raison apparente très méchante, en une fraction de seconde.

Davy Crockett s'avança prudemment vers nous avant de s'arrêter.

Le géant se tourna vers Gonzague et lui caressa le ventre comme s'il se fût agi d'une femme enceinte qui lui était proche :

– Comment ça va, mon gros ?

Le gros le salua de loin et Pierre fit les présentations. L'homme s'appelait Victor Benard, mais certains l'appelaient « le Baron perché », nous comprendrons bientôt pourquoi. C'était lui le propriétaire du terrain. On l'a suivi sur le chemin. Il était extraordinairement grand, deux mètres dix au bas mot. Davy Crockett marchait loin derrière, ne se préoccupant plus de nous, comme s'il nous avait oubliés.

Nous abordâmes une pente. Au bout du chemin de terre se dessinait, déformé par un mirage, un gros bloc arrondi en béton, partiellement recouvert de pelouse, genre maison de Hobbit, autour duquel le terrain plat était dégagé. « C'est son bunker », m'a informé Pierre. Je commençais enfin à comprendre où j'avais foutu les pieds… J'ouvris alors grand les yeux et les oreilles. Cela ne faisait aucun doute : je me trouvais devant la mine d'inspiration que je cherchais depuis des années.

Il y avait toujours du monde chez Victor. Depuis quelques années, ce ponte dans l'immobilier des bunkers avait élargi le marché de son entreprise qu'il avait baptisée « Mondalabri », jusqu'à constituer une véritable petite armée d'illuminés prêts à affronter la fin du monde pour quelques centaines d'euros le stage d'une semaine. À ma gauche, au milieu d'une clairière, une escouade de types enchaînaient torse nu des pompes sous les coups de sifflet d'un coach hargneux. De l'autre côté, il y avait des ruches, des panneaux solaires et un cours d'eau quasiment sec, où se mirait et dépérissait un moulin à électricité disproportionné. Tout cela avait l'air d'une grotesque mise en scène. L'homme à l'arbalète avait disparu.

Vue de plus près, la partie émergée du bunker, impressionnante, me sembla aussi vivante que l'herbe qui le recouvrait. Avec ses deux dispositifs d'aération brillant au soleil, au-dessus d'un perron triangulaire, lequel menait à une porte blindée entrouverte qui devait peser une demi-tonne, on aurait dit le crâne d'une créature dantesque sur le point de sortir de terre. Apprenant qu'il s'enfonçait sur plusieurs niveaux, j'eus ardemment envie d'aller jeter un coup d'œil là-dedans.

Assis autour d'une longue table en Formica noire, à l'ombre du bunker, quatre amis de Victor attendaient que le temps passe, partageant une sourde anxiété, chuchotant comme des conspirateurs. Je trouvais leur ensemble très intrigant ; comme je l'espérais, Victor nous présenta et nous nous assîmes à leur table.

Celui qu'on appelait père Pastorius portait en effet une soutane noire avec un col romain. Pierre me dit à l'oreille que ce « prêtre » au menton en galoche, à la raie sinistre, avait naguère été exorciste avant de se retrouver écarté de sa paroisse pour une raison inconnue. Sa chaise était un peu éloignée de la table ; il observait et écoutait les paroles qu'échangeaient les convives avec intérêt.

Lorsque Lily se présenta à moi, laissant entendre qu'elle était une prostituée à la retraite, le père Pastorius se signa frénétiquement à deux reprises. Lily était la seule femme autour de cette table. Elle avait les traits durs et les cheveux bleu saphir. Elle vivait avec son chien dans une yourte près du Bunker, en échange de quoi elle s'occupait de l'entretien d'un potager cultivé en permaculture qui avait la capacité de nourrir, estimait-elle, dix personnes. Le doberman de tout à l'heure, allongé à ses pieds, la truffe agitée, nous ignorait dans sa somnolence.

Akim avait vingt-cinq ans ; la largeur de ses bras équivalait à celle de mes mollets. Tranchant avec de longs cils précieux, son dégradé capillaire était agressif, tout comme le tatouage tribal noir qui grimpait jusqu'en haut de son cou. Je lui demandai du feu pour tenter d'engager une forme de conversation.

– Vous aussi, vous vivez là ?

Akim opina sans me regarder.

– Ça fait longtemps ?

Je sentais que je le saoulais.

– Depuis que j'ai quitté l'armée.

– Oh ! je vois. Ça a l'air très reposant ici.

– Ça ne l'est pas tant que ça, trancha Victor de l'air de celui qui défend sa corporation. Surtout quand la guerre civile est imminente et qu'on est, disons, éveillés.

– Je ne savais pas, pour la guerre civile, jouai-je au con.

– C'est sûr, on apprend pas ça dans les merdias sionistes, dit Akim. Fais tes propres recherches, s'il est pas déjà trop tard.

– Oui, bientôt, tout va s'effondrer, et tout s'effondre déjà, mon ami, dit Victor en mimant l'effondrement avec sa grosse paluche.

– Tu veux dire, comme un château de cartes, d'un coup ?

– Mais des effondrements, s'agaça Pierre, y en a eu

plein, mon vieux. L'Allemagne nazie, la Yougoslavie, la Russie des tsars. Qu'est-ce que tu crois ? Qu'on sera les seuls à en réchapper ?

– *Vanitas vanitatum, et omnia vanitas*, marmonna le curé.

– Réveille-toi, ça va nous péter à la gueule, reprit Pierre. Tous les signes annonciateurs sont là.

– Ils sont la volonté de l'élite sioniste, dit Akim.

– Ça, c'est bien vrai, dit Gonzague qui s'était mis à dessiner dans son carnet. Buvons à l'apocalypse !

– Excellente initiative, fit Lily qui s'ennuyait et ne semblait souscrire qu'à moitié à leur vision du monde.

– « Sionistes », tu n'as que ce mot à la bouche, fit remarquer Victor à Akim.

– Merde, rétorqua ce dernier, c'est pas de ma faute s'ils sont partout ! La guerre civile, c'est eux.

– Et comment vous vous y préparez, à la guerre civile ? demandai-je pour changer de sujet.

Pour réponse, Akim sortit de la poche intérieure de sa veste en jean un gros flingue type 357 Magnum, qu'il plaqua sur la table avant de faire basculer sa chaise sur deux pieds tout en guettant ma réaction. Ses yeux étaient bien ceux d'un fou furieux. Je fus fasciné par la violence qui s'y embrasait comme dans l'âtre d'une cheminée. Il avait récemment animé un ou deux stages intitulés « Reconquérir sa masculinité » qui connurent un succès prometteur.

– Le jour où ils viendront te piller, si t'as pas un *gun*, t'es mort. C'est la loi de la jungle !

Il reprit son flingue, pointa la cime des arbres, appuya

sur la détente en imitant une détonation. L'arme n'était pas chargée. Le chien se mit à couiner en tournant autour de la table et mon cœur était aussi excité. Je me sentais furieusement vivant. Le père Pastorius ne me quittait pas des yeux.

– Doucement avec notre nouvel ami, s'interposa un hippie, Michael, selon toute vraisemblance la personne la moins inquiétante ici. Faudrait pas qu'il reparte avec l'idée que les survivalistes sont des gens violents. Au contraire, mec ! La force d'un survivaliste, c'est son savoir et son humilité. Nous ne faisons qu'assurer notre protection.

Gonzague, après avoir sorti de son sac une bouteille de vodka neuve, nous remplit un gobelet à chacun, sauf à Victor, qui ne buvait jamais d'alcool en plus de réprouver l'usage de ces gobelets polluants. Le curé, qui aimait boire, se justifia en acceptant d'abord une « larmichette » qui se transforma en doigt puis en verre au tiers plein.

Victor, devant la lourdeur de Gonzague à vouloir le faire boire, expliqua la raison de son abstinence.

– Imagine, les assaillants arrivent, et toi t'es bourré comme un coing. Ben t'es mort. À un moment donné, faut faire des choix.

S'adressant à moi, il ajouta :

– Comment prépare-t-on la guerre civile ? Bonne question !

– Par des entraînements fondés sur l'équilibre, fit Pierre. Montre-lui.

Victor n'eut pas à se faire prier. Sans dire un mot de plus, il se dirigea vers le chêne le plus proche. De ses branches pendaient cinq ou six cordes à nœuds pareilles à des lianes. Avec la vélocité d'un singe, Victor se hissa par la plus longue de toutes jusqu'à la dernière branche. Là, ayant trouvé son appui, il se mit en équilibre sur un seul pied, levant l'autre jambe derrière, puis écarta les bras pour se figer dans cette posture de héron sur le point de prendre son envol, tout en fixant l'horizon comme s'il s'apprêtait à s'envoler.

Akim, hésitant à le rejoindre et à l'imiter, se dandina sur sa chaise ; l'appel était fort. Au lieu de quoi, il alluma la cigarette qu'il tenait coincée derrière son oreille. Une question me vint, je ne pus me l'exprimer qu'à cerveau ouvert :

– J'imagine que, de là-haut, il voit arriver de loin la guerre civile.

– C'est plutôt qu'il cherche à trouver l'équilibre dans un monde qui s'effondre, me corrigea Michael, sur un ton exprimant une étrange sympathie.

– Et à se rapprocher géographiquement de Dieu, ajouta le curé avec malice.

Soudain, Victor se tourna vers nous en nous adressant une ample et gracieuse courbette, avant de se lancer dans une pirouette arrière le long de la branche, pour finir en équilibre sur une main. L'assemblée applaudit, et je dois dire que j'étais moi-même très impressionné par sa performance, bien que ne comprenant pas à quoi celle-ci pouvait au juste servir dans une guerre civile. Il revint à sa position initiale.

– Quand il vivait à Paris, se souvint Michael, il faisait la même chose sur des bancs. On marchait en discutant et là, paf !, le temps que j'me retourne, il était en haut d'une barrière, à faire le héron.

– C'est pas pour rien qu'on l'appelle « le Baron perché », dit Pierre : même obstination à rester sur sa branche et à avoir raison.

– Intéressant, répondis-je. Moi, il me fait plutôt penser au héros du *Désert des Tartares*. Tu sais, celui qui passe sa vie à attendre des assaillants dont personne ne peut prouver l'existence.

– Ça n'a strictement rien à voir, trancha Pierre. Victor a plus les pieds sur terre que nous tous réunis. Mon vieux, mets-toi bien dans le crâne qu'il est le plus gros vendeur de bunkers en France.

– Mais qui achète des bunkers à part une poignée d'illu..., heu, d'éveillés ? me rattrapai-je. Aux States, encore, je veux bien, mais en France...

– Détrompe-toi, me coupa Michael, les Français comprennent que l'effondrement, c'est pas pour demain, c'est maintenant. Alors ils mettent leur argent dans des *panic room*, des chambres fortes, des abris souterrains, des bunkers luxueux.

– En cinq ans, le nombre de bunkers a été multiplié par dix, affirma doctement Akim.

– Et Victor est là pour transformer la peur de l'Apocalypse en or, résumai-je.

– Exactement, m'accorda Michael, sauf que cette angoisse est justifiée. Tous ces gens craignent les conflits à venir autour de l'épuisement des ressources. Ils veulent se mettre à l'abri. Alors moi, franchement, je ne vois aucun mal à faire partie de ceux qui arrivent à tirer leur épingle du jeu. Et prospérer, pourquoi pas ?, oui.

Un léger vent souffla. Les branches du grand chêne s'agitèrent. Victor passait de l'une à l'autre, bondissant comme Tarzan, agrippé aux cordes. Il atterrit dans une roulade sur la branche la plus basse pour se laisser glisser sur le sol ferme, où il fut pris d'un léger vertige.

– De toute façon, fit Lily d'une voix traînante, quand viendra Babylone, on aura tous le même traitement, pauvres, riches, beaux, laids, meurtriers, enfants de chœur, libres, esclaves. Bunker ou pas, on y passera tous.

Et elle éclata d'un rire sonore en constatant le malaise qu'elle avait provoqué chez Victor et ses convives. Le père Pastorius se mit doucement à prophétiser les temps de chaos. Reprenant sa place, Victor posa sur lui un regard inquiet et bientôt tout le groupe se tourna vers le prêtre comme vers un oracle. Il leva la main comme pour nous dissuader de l'interrompre dans son rêve lugubre, et dit en foudroyant Lily du regard et la pointant du doigt :

– Toi, qui es marquée du sceau de la bêêête, tu oooses parler de Babylone ! Grande prostituée, objet de fornication des rois de la terre, tu seras léchée par les flammes ! Des montagnes embrasées de feu et des astres flambant comme des torches s'abattront sur vous tous, qui rrrépondez au nombre de la bêêête. Six cents ! Soixante ! Six !... Quand vous l'aurez gravé sur le front, vous ne pourrez plus rien acheter ni vendre, sans que le nombre de son nom s'illumine de mille feux infernaux. Toute tentative de commerce, tout chiffre sera inspiré par la bêêêteu de Satan ! Et le premier ange, la révélation transcendantale, volera, volera, volera sur une lune de sang. Patience, mes amis, encore un peu de temps. Le grand jour de la colère de l'Agneau, toi, la prostituée de Babylone, tu te braderas pour des tickets de rationnement, et puis pour des champignons d'égouts. Quant à toi, le militaire, qui me regardes avec mépris, tu rallieras l'armée de l'apocalypse. Oh toi, l'homme assis sur le pactole, ton or ne te sera plus d'aucune utilité, excepté pour le refondre et en faire une statue à la gloire de Satan. Toi, l'écrivain dégénéré, tu as un peu de saint Jean, et tes bons mots te vaudront de te prosterner aux pieds de l'ange. Et puis tu seras comme la grande catin dont on se souviendra de l'ivresse provoquée par le vin de sa lubricité ! Tu vendras ton âme pour une poignée d'herbe sèche, puis tous les estomacs imploseront. Tu te terreras dans les grottes et les roches des plus hautes montagnes. La mer deviendra sang, la terre et les arbres seront brûlés, la mère des abominations se gorgera du sang des saints, quand le dernier ange volera sur un soleil noir…

Troublé par ces sombres images, après m'être efforcé de bien les retenir, je cessai d'écouter le sermon du prêtre ; mais je dois avouer avoir éprouvé à l'entendre une jouissance dérangeante. Pierre semblait plongé de toute son âme dans un tourment, une épiphanie existentielle, dont il n'aurait laissé passer une goutte pour rien au monde. Dans son carnet de croquis, Gonzague dessinait la tête du bunker, celle du curé puis enfin celle d'un diable dans les trois cercles du chiffre 666.

Je commençais à prendre des notes sur mon téléphone, discrètement. Enfin Lily éprouvait un plaisir maso à se voir traînée dans ce torrent de solution culpabilisatrice. Je réalisais à quel point ces gens ne pouvaient se passer les uns des autres dans l'entretien de leurs croyances, leur narratif. Chacun des membres de cette tribu préhistorique devrait se relayer pour souffler sur la braise du roman paranoïaque.

Le soleil pâlissait derrière un voile de nuages et n'allait pas tarder à lécher la cime des arbres en haut du chemin en pente que nous avions emprunté lors de notre arrivée. Au milieu de celui-ci, je distinguai quatre silhouettes s'adonnant à une pratique qui me parut d'abord fort obscure. Qu'était-ce que ce lourd objet qu'ils se passaient comme un ballon de basket, s'esquintant les vertèbres à le réceptionner au vol dans un mouvement arrondi ? Rien moins qu'un rocher qui devait peser le poids de deux boulets de canon ! Ils s'adonnaient corps et âme à ce plaisir primitif, alors que trois autres comparses sortaient à leur tour de la forêt dans une posture non moins déroutante en poussant des grognements martiaux. Croulant sous le poids d'un tronc d'arbre dont ils se partageaient la charge, ils chantaient à tue-tête.

Akim, qui n'était qu'assez peu affecté par les noires prédications du prêtre, avait remarqué avant moi leur présence. « Bah, ils font du paléo-fitness », dit-il en me voyant froncer les sourcils, comme si c'était une évidence. Autrement dit, leur but, en de pareilles gesticulations, était de se muscler à la façon des hommes des cavernes, en se réappropriant leurs gestes. Les stages « Sport et alimentation paléolithiques » marchaient du feu de Dieu ; certains grands sportifs comme des champions de MMA y étaient venus s'y fortifier avant d'entrer dans la compétition. L'hiver, on y nageait dans des étangs glacés. On y tenait bien sûr en équilibre sur toutes sortes de promontoires improvisés ; les exercices étaient infinis, « adaptés à un environnement qui offre toujours de nouvelles perspectives d'exercices », pouvait-on lire sur le site internet de Mondalabri. On y suivait le régime dit « des chasseurs-cueilleurs », c'est-à-dire tel qu'il aurait existé avant l'invention de l'agriculture ; enfin, c'est du moins comme ça que l'avait vendu le marketing. Composé en réalité de viande blanche, de poisson, de fruits, de légumes, d'œufs et d'huiles végétales non transformées, il garantissait, disait-on, une perte spectaculaire de masse graisseuse, une prise de muscles quasi proportionnelle et une réduction de la fatigue. Victor avait été initié à cet art de vivre lors d'un séjour en Californie, où de même que les bunkers, ce régime avait été popularisé bien avant d'arriver en France.

Akim admirait ces athlètes du silex qui s'envoyaient le rocher, comme il aurait pu le faire lors d'un match de foot ; je me demandais quelles subtilités il cherchait à percevoir dans leur jeu. Puis, ils disparurent dans la forêt.

– Je suis sidéré par l'emploi qui est fait aujourd'hui du mot « apocalypse », continuait le prêtre au moment où je me remis à l'écouter.

Son verbe n'était plus si haut ni sa voix si assurée. Sorti de son état de transe, il perdait ses mots et son auditoire. Gonzague déchira sa feuille de dessin et la roula en boule.

– Ah ! oui, l'ange, eh bien, que disais-je à son propos ? Il a la propriété d'apporter la révélation, encore faut-il s'en montrer digne.

– Qui est-ce qui a encore fait fumer le curé ? dit Akim en donnant plusieurs petits coups de poing nerveux sur la table. Mon père, sérieux quoi ! La fin des temps, c'est la volonté de Dieu et rien d'autre, le *sheitan* n'a rien à voir là-dedans !

– *Calmos*, tempéra Victor. Moi, je peux te dire qu'ils n'auront jamais ma peau ! S'il n'en reste qu'un à la fin des temps, je serai celui-là.

– Alors nous serons deux, fit Pierre à son tour, aveuglé par sa vanité, l'empire de survie en moins derrière lui.

– Et toi, tu ne dis rien depuis tout à l'heure, qu'en penses-tu ? me demanda Victor.

– Moi ? Je me demande à propos de cette guerre civile que vous attendez tant, si votre rêve ce n'est pas, au fond, d'en être à l'origine.

Victor commençait à perdre sa tête de gentil et à nourrir à mon égard une hostilité, comme s'il redoutait que mon scepticisme ne fût de nature à troubler l'ordre de sa petite société. Je me rattrapai de justesse en prétendant que ma blague était innocente. Pierre semblait lui-même un peu gêné. Gonzague se mit à me croquer à mon tour dans son carnet.

– Au fait, il vous faut quoi ? demanda Akim, énigmatique, à Gonzague et à Pierre.

Ce dernier comprit instantanément à quoi il faisait

allusion. Son œil humide, après trois vodkas, se mit à briller d'autant plus, alors qu'il regardait ses mains comme s'il les redécouvrait. Les deux amis se trouvaient déjà enveloppés par quelque chose qui ne pouvait qu'être la drogue.

– De quoi passer l'automne, dit Pierre.

– Aboule la putain de came ! fit son acolyte.

Ils se levèrent, se mirent en route vers le bunker, pénétrèrent dans sa bouche. Sur l'invitation in extremis de Pierre, je les y suivis.

10

L'année dernière, Victor avait fait déménager ses bureaux parisiens au rez-de-chaussée du bunker. Mondalabri survivrait ainsi à la fin des temps, au même titre que tous les locataires qui pouvaient en lire la devise en toutes lettres sur une plaque fixée au mur de l'antichambre, comme s'il se fût agi d'un appel à la prière : « Un éveillé est le contraire d'un utopiste. »

Akim traçait devant, Pierre lui emboîtait le pas. Le long du premier couloir que nous avons emprunté, aux murs jaunes et étroits, on pouvait lire sur les portes : « Secrétariat des stages », « Comptabilité », « Service juridique », « Informatique », « Mondalabri immobilier », « Nutritionniste »… L'une était entrouverte, celle des « architectes ». J'y passai la tête pour y jeter un coup d'œil, et trois mines soucieuses levèrent le nez de leur écran d'ordinateur. Pierre me tira par la manche. Tout au bout du couloir, on est tombés nez à nez sur Davy Crockett, la toque en fourrure en moins. Sa tête sortait de la trappe qui menait, par un escalier métallique en colimaçon, au premier sous-sol.

– Hé, mais ça serait pas l'idiot du village ? railla Gonzague.

– Tu nous dois des explications, lui dit Pierre en croisant les bras.

L'homme tourna vers nous sa face anguleuse tout en finissant de monter les escaliers calmement. Pierre ne se démonta pas :

– Je te signale que tu as essayé de nous tuer avec ton arbalète tout à l'heure. Ça aurait pu mal finir, merde !

L'envie de l'attraper par le col et de le rouer de coups démangeait visiblement Gonzague :

– Putain, mais il se fout de notre gueule !

– Vous pouvez toujours crier, dit Akim, il est sourd. Il travaille sur le système de sécurité du domaine. Et, je crois, sur la maintenance du site internet. C'est un crack, et c'est mon soss.

L'homme tapa sans conviction dans la main que lui avait tendue Akim, contourna le gros Gonzague qui lui barrait la route sans se presser ni s'attarder. Puis il secoua négligemment son badge devant la porte qui s'ouvrit et se referma derrière lui.

Nous dévalâmes alors les escaliers quatre à quatre et longeâmes un couloir déjà moins austère que le précédent, avec ses murs bleus et ses lampes provençales.

À cet étage, se trouvaient les appartements les plus modestes ; certains contenaient six ou huit lits superposés, une douche et un chiotte. Akim fit un saut dans le studio qu'il habitait seul pour récupérer un paquet de clopes. Ça sentait la mort et il y régnait un foutoir apocalyptique. L'armée était déjà bien loin derrière lui. Il dormait sur un matelas crasseux à même le sol, et il n'avait pour se laver qu'un lavabo ; l'odeur qui s'en dégageait témoignait qu'il n'avait pas servi qu'à se laver. Encastré dans un mur, un écran diffusait l'image d'une forêt, et c'était un peu comme une fenêtre ouverte sur le monde qui nous environnait.

Toutes les pièces étaient équipées de ces écrans, sur lesquels les paysages s'adaptaient à l'heure exacte du jour et de la nuit. Cela permettrait aux habitants du bunker contraints à un long séjour de limiter la perte de leur notion du temps, laquelle les mènerait à une folie certaine. Comme chacun des appartements, celui d'Akim était également muni d'un vélo d'intérieur équipé d'une dynamo. Les habitants, énonçait la publicité invitant aux stages, « vivaient en autonomie énergétique totale ».

Akim rangea son arme dans sa commode. S'alluma une clope. Et nous, on en a profité pour se tirer.

Au deuxième sous-sol, les appartements étaient plus confortables. Au milieu du vaste couloir chargé de marbres, de dorures, de moulures au plafond, une alcôve était aménagée comme un balcon ; un écran géant encastré donnait, lui aussi, l'illusion que, derrière cette barrière, s'étendait la forêt.

L'un de ces appartements, protégé par une caméra de

surveillance, était celui de Victor. Ni Akim, ni Pierre, et encore moins Gonzague n'y avaient jamais mis les pieds. Paraît-il qu'il disposait de sa propre salle de sport, d'un home cinéma et d'une réserve de nourriture de cinq mètres cubes.

Troisième sous-sol. L'air était plus frais. Une porte était grande ouverte, derrière laquelle, dans un petit gymnase, des hommes portant des casques de réalité virtuelle marchaient en tâtonnant, sprintaient sur des tapis de course ; l'un d'eux tenait un fusil d'assaut. Cela faisait partie des activités proposées au stage d'« Immersion en bunker », m'avertit Akim. « Bouh ! » aboya Gonzague, mais leurs casques les isolaient du bruit extérieur, si bien qu'aucun ne réagit.

Ces êtres à la fois allumés et éteints laissaient une impression de mélancolie glaciale, comme si leurs corps étranges d'automates avaient été propulsés dans l'espace et allaient y glisser jusqu'à la fin des temps, perdus comme la chienne Laïka.

Dans l'encadrement d'une porte se tenait un vieil homme en bleu de travail, transpirant à grosses gouttes, un peu essoufflé ; dans sa main une clé à molette, une lampe frontale remontée sur son crâne dégarni. Derrière lui s'étendaient, par rangées, d'énormes bonbonnes surmontées de pistons.

– Encore ! s'exclama Akim.

– Oui, souffla le vieil homme. Victor m'a appelé ce matin ; il voulait que je vienne en vitesse vérifier une dernière fois la ventilation. M. Victor a dit que, cette fois, c'était la bonne. Avant la guerre civile, ajouta-t-il en s'essuyant le front.

– Et il était… je veux dire, vous l'avez trouvé dans son état, disons… normal ?

– Il était fou de rage, vous voulez dire ! Rien ne pouvait le calmer. Il n'arrêtait pas de crier que le travail avait été mal foutu au niveau des filtres.

La salle de ventilation était non seulement prévue pour brasser l'air venu de l'extérieur, mais ces curieuses machines que l'homme réparait étaient destinées à filtrer les particules radioactives et les produits chimiques en cas de contamination ou d'attaque nucléaire.

Le vieux retourna à sa besogne et nous abordâmes l'escalier suivant, le dernier.

Ici, l'air était plus frais et humide. « Culture de fruits et légumes et champignonnière », était-il indiqué sur la première porte. La dernière fonctionnait grâce à un système d'ouverture biométrique. Akim posa son index sur le lecteur d'empreinte digitale et la porte s'ouvrit en majesté sur un salon feutré, aux murs-écrans qui s'allumèrent sur notre passage : impressionnants ! Ils affichaient les paysages d'une steppe africaine peuplée de lions, d'éléphants et de girafes qui avançaient lentement, au loin, en silence. La pièce était traversée au centre par une source souterraine qui courait dans un canal sous vitre. L'eau permettait l'irrigation des cultures ; elle était aussi rendue potable grâce à l'usage de pastilles purificatrices commercialisées par Mondalabri. Ainsi, les habitants du bunker jouissaient, en théorie, d'un état de parfaite autosuffisance.

De grosses enceintes étaient disposées aux quatre coins de la pièce. Trois fauteuils Chesterfield entouraient une table basse sur laquelle deux tickets de caisse roulés en paille étaient posés sur la pochette d'un CD.

On s'est assis là. Après s'être absenté pendant une minute dans une pièce voisine, Akim est revenu avec un sac en plastique qu'il jeta sur la table. Il contenait des dizaines de pochons remplis de pilules bleues comme celles du Viagra. Gonzague les regarda avec envie, comme il l'aurait fait d'un mets de choix servi lors d'un banquet orgiaque. Pierre poussa un râle de satisfaction. Il s'agissait de rien moins que de la fameuse Illuminatine.

Cette substance illicite était composée d'une molécule de THC modifiée de manière à décupler son effet psychédélique et à perturber davantage la capacité à dissocier le banal de l'exceptionnel, mais aussi d'extraits de morphine pour atténuer l'effet d'anxiété du cannabis et, surtout, d'une troisième composante essentielle, la philactine, dont le secret de fabrication demeure inviolé. Celle-ci avait la particularité de « rendre plus clairvoyant, et de faire saillir dans l'esprit du consommateur la vérité cachée, le dessous des événements visibles en exacerbant la vigilance du troisième œil, jusqu'à renverser tous les narratifs sur lesquels repose la société ». En vérité, je ne percevais pas toujours une grande différence dans l'attitude de Gonzague et Pierre lorsqu'ils en consommaient en ma présence, c'est-à-dire la plupart du temps où nous nous voyions. Peut-être étaient-ils tombés dans la marmite quand ils étaient petits et n'étaient jamais redescendus d'une montée, comme ça peut arriver avec les mauvaises prod et les acides.

Pierre lui donna cinq sachets de vingt cachets contre cinq billets de 50 euros. L'un alla aussitôt se loger au fond de son gosier. Comme s'il lui faisait une fleur, Gonzague lui proposa, prix d'ami, de lui dessiner le portrait en échange de deux sachets.

– T'es sérieux ? J'ai un loyer à payer, mec. Je prends que le cash, à la rigueur les crypto, mais c'est tout.

– Qu'est-ce qu'un loyer, intervint Pierre, à côté d'une œuvre d'art que tu revendras un jour pour le prix d'un abri antiatomique ?

– J'en ai rien à foutre, dit Akim.

– Tu le regretteras, fit Gonzague, quand je s'rai aussi célèbre que Francis Bacon !

Gonzague sortit dépité son portefeuille aussi déglingué que ses bottes et en tira une maigre poignée de billets.

Akim se tourna vers moi.

– Et toi, il te faut quoi ?

– Rien.

– Je fais ça pour dépanner quelques potes, se justifia Akim, qui semblait trouver mon abstinence suspecte. Rien à voir avec avant, quand j'étais le bras droit de Jérôme Vasseur. Quand les stages mascus rapporteront assez, j'arrêterai.

– Tu veux dire le Pablo Escobar de l'Illu ? fit Gonzague.

Vasseur était non seulement, en effet, le premier trafiquant d'Illuminatine en France, voire dans le monde, mais il représentait aux yeux de millions de camés une vache aussi sacrée qu'Hitler pour les nazis. Dans des vidéos diffusées sur son site internet, il dégoisait sa haine antisémite entre deux analyses géopolitiques de comptoir, autant de vomissures sociologisantes, des invectives, menaces personnelles contre ceux complotant contre lui, avec comme cibles de choix les « sionistes », les militants antiracistes, les femmes libérées qui en voulaient soi-disant à son appareil reproducteur.

– Ouais, c'est resté mon pote, Jérôme, c'est lui qui me vend directement la came, sans intermédiaire.

– L'année dernière, je l'ai aperçu au salon Dissidences, se souvint Pierre. On m'a raconté qu'il y avait tenu un discours et que c'était noir de monde.

La porte du salon s'était ouverte. Victor venait d'entrer en position accroupie. Entendant leurs louanges, il secoua la tête.

– Le salon Dissidences ? C'est un truc de vendus du star-system. Tellement *mainstream* ! C'est devenu une foire, où chaque petit vendeur de tapis fourgue ses idées.

– Pas faux, admit Pierre.

– Quant à Vasseur, il m'a acheté un bunker l'année dernière, et ça ne risque pas de se reproduire. Je reconnais qu'il a un certain talent, mais c'est une crapule de la pire espèce !

Je me gardai bien de lui faire remarquer que lui aussi en était une, de crapule, et pas des moindres. Il faut croire que les gourous de la paranoïa apprécient peu de voir leur mégalomanie ombragée par celle d'un autre gourou de la paranoïa, surtout si celui-ci, comme c'est le cas de Jérôme Vasseur, n'en fait pas mystère et y va à grands coups de démonstrations agressives.

– Je commence à ressentir l'effet, dit Gonzague, putain, c'est bon !

Disant cela, il se mit à regarder le ciel au plafond, où volait très haut une gigantesque nuée d'oiseaux migrateurs dans une procession triangulaire.

– Putain, c'est un signe ! dit-il. Regardez la pyramide et l'œil, bordel de merde, c'est une pyramide illuminati !

J'eus beau chercher, je ne trouvai pas d'œil en haut du triangle. La nuée fit volte-face et se mua en une forme géométrique à plusieurs angles, à laquelle Akim, ayant avalé deux pilules, prêta la forme d'une étoile de David. Il n'en fallut pas moins pour mettre une nouvelle pièce dans la fente du jukebox :

– Le but des sionistes, c'est de construire le grand Israël. Alors, le projet c'est quoi ? Ça commence par éradiquer les musulmans modérés pour mettre à leur place des types qui tuent tout le monde. Les mecs de Daesh, quoi ! Et, pendant ce temps-là, les sionistes colonisent ; ça, c'est les vrais méchants et, en fait, y'a plein de méchants autour mais ils ont fait un pacte.

La nuée d'oiseaux avait disparu dans le ciel, là où le jour s'obscurcissait. Je fus pris d'une démangeaison au coude. Me voyant dans l'embarras, Pierre crut bon de préciser mon appartenance ethnique et que, moitié juif, je n'étais pas la moitié d'un colonisateur et le traita presque d'antisémite pour me faire plaisir.

– Mais moi, se défendit Akim, j'ai plein d'amis juifs ! Les sionistes, ça n'a rien à voir. Faut faire le distinguo.

– De toute façon, il n'est pas concerné, s'écria Gonzague qui jouissait à l'idée de se faire l'arbitre de ma judéité.

Ils éclatèrent de rire, sauf Pierre. Vindicatif, je me consolai : toute cette boue figurerait, fidèlement retranscrite, dans le roman que j'étais sur le point d'écrire. Tandis que le soleil rougissait sur la steppe, je finis par les laisser à leur communauté de suspicion et m'évadai dans un rêve.

En rentrant, le cœur boursouflé de vengeance, j'ouvris les sous-fichiers « Dissidences » et « Illuminatine », puis en créai un nouveau intitulé « Guerre civile ».

11

Diable personnel, fièvre du soupçon, ennemi imaginaire. Il foula incognito le chemin du hasard et déploya à mon égard une animosité féroce, me persécutant pendant plusieurs jours.

Une fois, en rentrant chez moi, je trouvai la salle de bains inondée, il y en avait jusque dans le salon. L'eau avait coulé pendant deux heures dans la baignoire.

En réalité, c'était moi qui coulais.

L'avant-veille, je m'étais endormi avec la porte d'entrée grande ouverte. Le diable personnel avait pris la forme du délitement de ma pensée. Il s'insinuait en moi comme un AVC lent.

Me sentant épié de partout, l'idée de me procurer un flingue me traversa l'esprit.

Trois jours plus tard, Me Jacques Italo, l'huissier, m'attendait seul devant ma porte. Il était reconnaissable à ses lunettes procédurières, son dos voûté, ses yeux aviaires qui se plissèrent en me voyant monter les marches. Comme il n'avait aucune idée de mon apparence, je me fis passer pour un voisin.

– Qu'est-ce que vous lui voulez ?

– Secret professionnel. Tout ce que je peux vous dire, c'est que ça fait plusieurs semaines que j'essaie de le joindre. Par courrier, par téléphone. Vous le connaissez ?

– Un peu.

– Dites-lui que je suis passé et qu'il me rappelle au plus vite.

Mes jambes allaient lâcher et mes tempes exploser.

– C'est que, il me semble qu'il n'habite plus ici.

– Vous connaissez sa nouvelle adresse ?

– Non. On se parle peu. Bonjour, au revoir, et encore.

Retourner sur mes pas m'aurait démasqué, je suis donc monté au deuxième puis au dernier étage en faisant tinter mes clefs. Comme s'il s'agissait de la serrure de ma porte, je grattai avec une clef celle d'un placard à balais, par chance ouvert. Enfin, je me suis claquemuré dedans avec la furieuse envie qu'il se mue en sarcophage, et moi en poussière.

12

Doucement, l'ennemi imaginaire s'en est allé comme il avait toujours fini par s'éclipser, et je revins à la vie.

Ce 20 décembre, le courriel de la CAF arriva enfin, accompagnant le versement automatique de ma pension de RSA. Il avait augmenté, passant de 536 euros à 555 et des poussières. Mais il me fallait trouver plus d'argent, et *fissa*, ou l'huissier allait rappliquer et, là, je serais cuit. La menace redevint bien réelle ; j'en pris assez calmement la mesure.

Que faire ? Retourner au canard ? Pas encore. Dealer, pourquoi pas après tout ; mais quoi ? Tout sauf de l'Illuminatine ! Pierre connaissait des types. Quand je l'ai appelé pour lui en parler, en des termes clairs, il raccrocha et un SMS ne tarda pas à s'afficher : « Plus jamais ça. » C'est vrai qu'il pouvait casser des noix avec ses sphincters quand vous évoquiez les paradis artificiels au téléphone. Depuis que je le connaissais, il était sur écoute. Enfin, c'est ce qu'il disait. J'oubliai le deal. Mais que faire, que faire, nom de Dieu ?

L'idée m'est venue dans l'heure. Il s'agissait de vendre des livres de ma bibliothèque que je ne lirais plus. Je suis descendu à la cave. Au fond du couloir sombre, j'ai tourné la clef et envoyé un grand coup d'épaule dans la porte qui s'ouvrit.

La vue des cartons de livres sur le béton boueux me

laissa de marbre. Les plus rares, beaux et potentiellement chers, étaient regroupés dans une boîte en PVC. J'ai commencé par là. J'avais un livre pour enfants qui valait un paquet de fric, de Jacques Prévert, avec des illustrations d'André François : *Lettres des îles de Baladar*. Sa couverture représentait une carte postale. Numéroté 4/150, dédicacé par les deux génies. C'était un « cadeau » de Jeff, l'ami mythomane que j'avais attendu en vain à la gare avec Esther. Il s'était contenté de me dire qu'il l'avait volé. En contrepartie, il se fit plus étouffant, débarquant chez moi en pleine nuit sous le moindre prétexte. C'était juste avant qu'il se tire à Nantes, la mafia au cul.

Sans éprouver le début d'un scrupule, je fis le tour des librairies anciennes de la rive gauche pour en tirer le meilleur prix. Rue Saint-Jacques, le libraire le plus offrant m'en donna 500 euros. Suite à quoi, chez Gibert Joseph, je réussis à tirer 75 euros des œuvres complètes de Victor Hugo reliées en papier machinchose. Puis ce fut le tour de *La Recherche*..., et puis les autres, tous les autres, jusqu'à la moindre édition de poche. Certains ne trouvaient pas acquéreur, je les laissais donc sur un banc. Toutes les histoires qu'il pouvait bien y avoir écrites là-dedans, je m'en foutais, l'enjeu était ailleurs.

Enfin j'ai bradé aux brocanteurs mes masques africains, un briquet Dupont et des conneries de ce genre. J'ai fini par atteindre la somme de 1 500 euros.

J'étais en train de remplir le chèque quand des mouettes se sont mises à piailler. J'arrêtai d'écrire et me levai pour les regarder par la fenêtre. Elles tournaient, indolentes, dans le ciel blanc. J'ai fermé les yeux et j'ai inspiré. Elles prirent un peu d'altitude, rirent, piquèrent pour se reprendre. J'aimais ces oiseaux qui ramènent avec eux la mer.

L'iode des plages bretonnes commença à me hanter les narines, bientôt ce fut le roulement de la Manche dans l'oreille très interne. Après une brève sieste, j'avais pris ma décision. Le chèque alla en morceaux au fond de la poubelle. Je n'allais m'acquitter que de la moitié de la somme. Dans un premier temps. Pour aller me requinquer à la mer avec l'autre partie du fric. Pas loin de Roscoff, dans le Finistère, il y avait un bled qui s'appelait Saint-Jacques-de-Santec. Hors saison, c'était la mer pas cher. L'appartement que je choisis était à cinq minutes de la plage. Un deux-pièces lumineux sur les photos, sans distinction particulière, des meubles vieillots, du papier peint fleuri aux murs, une baignoire sabot. Au téléphone, le propriétaire avait l'air sympa.

J'ai envoyé les 700 à Debitum Solucionis, puis j'ai réservé mon train Paris-Brest pour une semaine, en janvier. Et j'ai ouvert un nouveau fichier intitulé cette fois-ci « Guérison, désintoxication de l'Illuminatine ».

13

Au loin, la cathédrale gothique à deux flèches se précisait dans le brouillard et la bruine, percés par la lueur jaune des lampadaires. L'horloge annonçait 21 heures. Le proprio était passé me prendre à la gare ; son van avançait lentement le long de la côte. Sa queue-de-cheval fouettait l'appuie-tête quand il tournait le cou pour me regarder en parlant. Le genre de type à n'avoir jamais manqué de sa vie le festival des Vieilles Charrues. Il sentait la vase ; ses mains calleuses se promenaient sur le volant. Assez bavard, il m'entretenait de la vie saint-jacquienne avec une sincère passion : ses artichauts, sa fête du biniou. Il se plaignit un peu des camping-cars qui polluent la côte et de leur tripotée de vieillards aux cheveux céleri rémoulade.

Sur la mer d'encre sans ligne de démarcation avec le ciel, la lumière du phare me fit plisser les yeux et m'hypnotisa. Le van a tourné sec avant la grande colline où couraient des lapins maigres entre des ruines celtes. Il s'arrêta au bout d'une longue côte résidentielle. L'appartement était au deuxième étage d'une charmante demeure du XIXe siècle. Le mobilier était rustique, la décoration sommaire : tableau aux nœuds marins, phares de la région, ce genre de trucs. Une fissure parcourait le plafond. Je pris instantanément mes marques. J'étais chez moi.

Lorsque j'émergeai le lendemain, il était 10 heures. J'en avais pioncé douze comme un dolmen. Je remarquai pour la première fois une île au large de Saint-Jacques-de-Santec. Celle-ci aspirait le regard en même temps qu'elle se refusait hostilement par ses récifs et son sable noirs : elle était fascinante. J'ai marché sur la colline aux ruines, dominée par un blockhaus éventré, couché sur le flanc. D'en haut, on voyait parfaitement l'île. Sur l'autre versant de la colline, la plage était recouverte d'une épaisse mousse, qu'un suroît tiède faisait trembler comme un porridge en en libérant d'énormes flocons qui prenaient leur envol parmi les goélands au-dessus d'un banc de poissons pris en chasse. Un cargo esseulé voguait au loin.

Le téléphone vibra, c'était Jeff. Je l'ai mis en sourdine et suis allé dans le centre-ville. C'était un dimanche, il faisait froid. Il y avait un chaleureux troquet sur le parvis de la cathédrale. Son nom n'avait d'ailleurs pas été cherché bien loin : *Le Parvis*.

Le surlendemain, j'ai écrit une lettre à Pierre. J'en éprouvai un réel besoin, une nécessité soudaine, comme s'il s'agissait d'écrire mon livre.

Pierre,

Je t'écris du Finistère ces quelques mots d'apaisement, après la fois où tu m'as raccroché au nez parce que t'as les stups au cul. Je t'aime comme t'es.

Au bar du village, il y a de ces piliers de bar ! Nono, tu l'adorerais. C'est un géant dans le cœur, grand et raide dans tous les sens. Son vrai nom, c'est Noël, il est paysan. Tous les jours, il fait rugir sa bécane de course devant le bar en arrivant et en repartant en zigzag. C'est un anar, enfin c'est ce qu'il y a écrit sur son pull à capuche. Il a un acolyte charpentier, Lulu. Sa mère, fromagère, l'a appelé comme ça à cause de Beethoven. Je les ai rencontrés un matin, encore ivres de la veille, c'était le lendemain du karaoké hebdo-

madaire du Parvis. *Je buvais un chocolat chaud sur la terrasse. J'avais envie de parler, ils l'ont senti avec leur sensibilité d'alcooliques.*

Lulu rigole tout le temps, enfin, sauf en fin de soirée à mon avis, quand il pleure. Comme il n'est pas rentré la nuit du karaoké, sa femme lui a fait une scène quand il s'est pris le lendemain à midi la porte vitrée dans la tronche.

De l'autre côté de la place, il y a un squat. Devant, il y avait une jeune femme au charme étrange, punk et aristocratique, un peu plus de vingt ans, assise sur le perron de la maison en ruine. C'est là sûrement qu'elle crèche. Que fait-elle ici ? Elle est avec un punk à chien qui visiblement veut se la faire. Ils ne viennent pas du même milieu, elle ne squatte pas par nécessité. Elle m'a attiré dès que je l'ai vue. Deux fois. La prochaine, je l'aborderai.

À part ça, les plages sont sublimes, c'est le pied. Et les fruits de mer, je n'en parle pas !

En espérant que la police de la pensée ne t'a pas encore mis la main dessus.

Amitiés.

Le cinquième soir, je commençai à m'emmerder. Je n'avais plus croisé ma charmante squatteuse depuis un certain temps. Nono et Lulu faisaient leur vie. J'ai écrit un texto à Jeff, que je regrettai sitôt envoyé : « Jeff, je suis en Bretagne, j'espère que tout roule. » Ce à quoi il répondit dans la minute : « C'est incroyable ! Où ça ? »

J'hésitai puis, au point où j'en étais, ai donné l'adresse : « Saint-Jacques-de-Santec. »

« Je suis juste à côté, voyons-nous ! » Il faisait toujours le coup de s'inventer des positionnements géographiques, c'était une manie chez lui que je prenais comme un jeu de piste. « Je suis juste à côté », tu parles ! Je lui mentis à mon tour en lui disant que je partais bientôt. Manquerait plus qu'il vienne me pourrir mes vacances, ce malade mental ! C'est cependant ce que je lui dis de faire. Il me promit d'arriver par le premier train, je n'en crus pas un traître mot.

14

Cher Diable personnel,

Merci. Ta mort a certes été libératrice, mais sans toi je n'aurais sûrement pas fui dans cet Éden, et il ne me serait jamais arrivé ce que je suis en train de vivre d'exceptionnel. Il m'a fallu aller t'enterrer au bout du monde *pour rencontrer un ange. La première fois que je l'ai vue à la sortie du squat où elle réside dans le village, j'ai cru à une hallucination. Soulignée par le bleu indigo de ses cheveux mi-longs, sa peau de porcelaine capte et rend la lumière comme sur ces vieux portraits d'actrices. La deuxième fois qu'elle est apparue, au même endroit, je faisais semblant de télé-*

phoner pour passer incognito quand elle m'a alpagué de sa voix fluette, comme son corps, même si celui-ci est bien pourvu.

Elle a pris le briquet que je lui ai tendu, a rallumé un bout de cigare qui traînait dans la poche de son ample blouson mauve, craché avec la fumée acide des bouts de tabac comme un cow-boy. Puis, au moment où j'allais faire mine de raccrocher pour engager une discussion, elle s'est enfoncée dans la première ruelle en me lançant un sourire énigmatique. Le lendemain, quand je suis revenu guetter le squat, je ne l'y ai plus trouvée, ni le jour suivant. Appréhendant qu'elle ne fût définitivement partie, je finis par me faire une raison : cette non-rencontre avait déjà été, en elle-même, comme un éclat de grâce arraché à la monotonie de la vie.

Et puis, un ami est venu me rendre visite, Jeff. Sur le seuil de la porte, le colosse blond m'a souri de tous ses chicots en bataille. Il m'a serré fort dans ses bras potelés et puissants en m'embrassant comme un chien avec la langue, comme il le faisait parfois aussi pour mettre les gens mal à l'aise avec son haleine fétide. Hilare, j'ai dû lui donner un certain nombre de coups de coude pour me dégager de son étreinte, et j'ai guetté sur son front la trace d'une première ride. À près de cinquante ans, Jeff avait toujours su tenir hors du temps sa tête de bébé maléfique.

– J'ai vu Mick Jagger dans le train, qu'il m'a dit sérieusement.

– Très bien, Jeff. Il t'a dit quelque chose ?

– Non. Je suis content de te voir.

– Moi aussi, Jeff.

Il manqua de m'asphyxier une nouvelle fois dans une étreinte humide. Nous allâmes bras dessus bras dessous dans le salon pour directement attaquer l'apéro. Il avait ramené un cubi de côtes-du-rhône.

Toi, l'ennemi imaginaire, si tu tentais de t'introduire en lui, c'est lui qui te posséderait.

Comme à chacune de nos retrouvailles, il a tenu à me signaler qu'il était devenu extrêmement sensible en vieillissant, qu'il chialait pour un rien et qu'il ne faisait plus chier sa vieille mère, ambassadrice retraitée, pour de vrai. Pour le reste, je ne me demande plus si c'est vrai, avec lui. Ces dernières années, il était devenu millionnaire en bitcoins, dit-il. Mais ne pouvait trop extraire de cryptos du bordel informatique à cause de la taxation qui l'attendait dehors. C'est pour ça qu'il partirait bientôt au Portugal. Là-bas, il se faisait en ce moment construire une demeure en azulejos – ce genre de détails inattendus rendait ses histoires plus plausibles. En tout cas, rien ne trahissait le mensonge dans ses expressions.

J'ai extrait du four le turbot acheté à la sortie du bateau de pêche, celui dont le capitaine n'est autre que l'oncle de Nono, mon nouvel ami. Nono fêtait justement ce soir son quarante-septième anniversaire. Nous y étions conviés. J'en avais encore rien dit à Jeff, car j'attendais de voir dans quelle disposition psychique il se trouvait, s'il n'allait pas péter un câble, marabouter mes copains ou faire, allez savoir, quel sale coup. Mais il avait l'air calme et même presque empathique, me posait des tas de questions non insidieuses, dont il se délectait de la réponse.

La maisonnette de Nono était accolée au champ où il travaillait, à vingt minutes à pied de là. Il avait un coup de mou parce qu'une fille avec qui il parlait sur un site de rencontres lui avait posé un lapin ce soir-là, et que seul Lulu et moi sommes venus, avec Jeff. Il avait le regard sombre et l'atmosphère était pesante, avec cette énorme moto garée à l'entrée du salon. Jeff commençait à adopter une gestuelle similaire à la leur par un jeu de mimétisme ; il avait suffisamment observé son hôte pour s'insérer dans sa faille évidente. Se désolant de cette génération qui avait perdu tout sens de l'amour, il dit à Nono ce qu'il voulait entendre, abonda dans le sens de sa lamentation silencieuse : « Comme si, derrière chaque profil, il n'y avait pas un vrai être humain digne de respect. Avec un cœur qui bat ! » Il connaissait bien sa partition, visa juste puisque le prétendant éconduit sortit un peu de sa torpeur pour l'écouter poursuivre avec un intérêt mal dissimulé.

Quand le bruit d'une voiture s'approcha avant de stopper sur le parking devant la maison, il se redressa et l'on découvrit tout à coup un homme neuf. Il ouvrit la porte sur un type. Comprenant de quel genre de visite il s'agissait, Jeff préparait déjà le cylindre en enroulant un ticket de caisse.

– T'as les deux ? demanda Nono au type.

– T'inquiète.

– Tiens, le compte y est.

De retour, Nono sortit de sa poche un sachet rempli d'une coke déjà pilée dont il s'envoya une première poutre, suivi par Jeff. Ce dernier s'était lancé dans un fabuleux numéro de prosélytisme bitconien, qui s'avéra efficace puisque Nono, en une demi-heure, se laissa convaincre d'investir quelques ronds dans la crypto-monnaie.

Nono a sorti un autre sac dont je te laisse, toi, cher démon de la paranoïa, te réjouir du contenu évident. Nono n'avait pourtant pas l'air d'un illuminatinomane, en tout cas il ne m'avait jamais parlé de complots. Je me fis surprendre par la fatalité : si la fièvre du soupçon m'avait quitté, le complotisme continuait à me suivre comme mon ombre, où que je foute les pieds. Je l'ai écrit plus tard. J'ai décliné la proposition de Nono de me faire goûter à la bleue, qu'il ne consommait que très occasionnellement. Jeff n'y toucha pas non plus, préférant fumer de la coke dont il badigeonnait sa clope après l'avoir humidifiée d'un trait de salive. Nono avala un cacheton et ferma les yeux.

Refusant la fatalité du complotisme dans ma vie, je me levai pour rentrer, prétextant être soudain terrassé par un mal de crâne. Jeff resta avec eux ; il m'appellerait en rentrant. J'ai déguerpi avant que Nono ne soit engagé dans sa montée.

Le lendemain, sur le coup des 10 heures, je me suis réveillé la barre au crâne, quand la sonnette a retenti trois fois.

– Ouvre-nous ! disait la voix poussive de Jeff derrière la porte.

La porte s'ouvrit sur l'impensable. Oui, c'était bien elle, aucun doute possible. L'inconnue se tenait derrière Jeff. En me dévisageant, elle n'eut qu'un petit mouvement de surprise, et moi j'ai senti mes jambes se dérober. Savait-il ? Lui avais-je confié la non-rencontre dans un état d'ébriété avancé ? Ou me servait-il le coup de maître de son intuition perverse ?

Je te raconterai la suite quand je l'aurai vécue, et je jetterai une dernière poignée de terre sur ta tombe.

15

Le chef du service immobilier du *Contemplatoire* m'a appelé sur la recommandation de Xavier. Une proposition de travail sérieuse. D'après ce que j'ai compris, ça serait un travail ambivalent de correcteur et – occasionnellement – de rédacteur. J'ai accepté un entretien, fixé dans une semaine jour pour jour, soit après mon retour à Paris.

Pierre m'avait répondu par une lettre dactylographiée sur sa Remington. Tiens, l'avait-il sortie pour de bon de la commode fermée à double tour ? Sur l'enveloppe cachetée de ses initiales noires, son écriture était nerveuse, pressée.

Mon vieux,

T'as bien fait de te barrer. Les loups rentrent dans Paris. Ce n'est qu'une question de jours avant la guerre civile. Je me barre en Bourgogne le temps que ça se tasse. Tu sais où.

As-tu revu l'inconnue ? À propos, j'ai croisé ta pote argentine, rue des Martyrs. Je ne sais plus son nom. Myriam ? Deborah ? Quelle hystérique ! Elle a hurlé comme une cinglée que je t'avais inculqué la « haine de soi ». Encore ce vomi de l'autre chimpanzé autrichien ! Je lui ai dit, ça va bien se passer. Elle m'a traité de facho. Tu penses bien que je m'en suis fait une Légion d'honneur !

Ce pays me dégoûte, je ne le reconnais plus. Mais tout ça, c'était prévu, tout ce plan. Je le sais depuis toujours. Toi, tu ne veux rien voir. Les cosmopolites nous ont rognés. Allez, je dois finir de préparer ma valise.

Dieu soit loué,

P. L.

16

Cher Dibbouk personnel,

Pendant que je t'écris ces mots d'adieu, la cloche de la cathédrale de Saint-Jacques sonne le glas. Dehors, la brume absorbe tout sous un linceul vaporeux, au loin le bruit d'un tracteur caresse le silence. Derrière ma poitrine, le soleil brille.

Un oiseau se cogne contre la fenêtre dans un choc sourd. Recroquevillée dans les draps, elle entrouvre les yeux, se retourne de l'autre côté pour se rendormir dans un frisson. Demain, nous rentrons à Paris.

Lorsque Jeff l'a trouvée seule au village, en revenant de chez Nono, allongée sur le rebord de la fontaine, elle méditait. Il l'a invitée à venir prendre le petit déjeuner. Ce qu'elle accepta mais quand, à la caisse, il lui a fait le coup du « J'ai oublié mon portefeuille », elle a payé le kouign amann et les croissants aux amandes que la commerçante avait sûrement déjà emballés. Je vois parfaitement la scène.

Qu'elle suive ce parfait inconnu avec une tête de tueur en série, c'est quand même d'un drôle d'augure. En même temps, elle a quelque chose d'un animal sauvage.

Dès qu'elle est rentrée, la lumière me sembla plus vive, et je fus certain que ces miracles-là arrivent toujours par surprise ; c'est un torrent électrique qui vous emporte fatalement. Elle dut répéter deux fois son prénom, Lilith. En réalité, elle s'appelait Élisabeth mais, trouvant cela trop bourgeois, elle s'était fait appeler Lilith, comme la première femme d'Adam, comme le démon.

– On s'est déjà vus, non ? dit-elle.

– Heu… c'est possible. Je suis en vacances.

– Pareil. Dans le squat d'un pote.

– En vacances de l'école de taxidermie, précisa Jeff après un hoquet.

Un œil fermé et l'autre à demi, désormais affalé sur une chaise, il penchait dangereusement ; sa tête et son buste s'écroulèrent sur la table, un filet de bave au coin des lèvres qui laissaient apparaître une canine de traviole. Il a ronflé comme un ours. Elle a ri.

Engloutissant un premier croissant pour éponger ma gueule de bois, je l'ai écoutée me raconter sa vie.

Lilith avait grandi à Brest, avant d'intégrer les Beaux-Arts d'Aubervilliers, puis l'École parisienne de taxidermie. Ses parents étaient médecins.

À Belleville, elle partage son atelier avec deux sculpteurs, pas loin de sa colloc. Quand elle m'a dit qu'elle était végétarienne, je me suis mordu la joue pour garder mon sérieux. Quel paradoxe ! C'est qu'elle opérait autant que possible sur des animaux morts d'une mort naturelle : son point d'honneur, quitte à limiter sa productivité. Chats, chiens, chèvres, vaches, hiboux, renards ; les chimères étant son dada.

Monter sur un moule les peaux tannées de ces bêtes et les mélanger, cela la rattachait paradoxalement au vivant, disait-elle.

Lilith s'interrompit au moment où Jeff émit un ronflement plus fort que les précédents. Devant mon silence, elle poursuivit, derrière un rond de fumée opaque.

– T'es bizarre, toi. Tu restes encore longtemps ici ?

– Quatre jours.

– On aura le temps de se revoir. Je dois me sauver.

Sur ces mots, elle a enfilé son blouson, la cigarette au bec, et elle est partie comme un faon. Jeff s'est réveillé en fin d'après-midi, les plis de la nappe imprimés sur sa joue. Tu lui plais, qu'il dit.

Le séjour allait toucher à sa fin, c'était maintenant ou jamais. Je lui ai envoyé un texto une heure plus tard.

Un rendez-vous fut convenu le lendemain à 15 heures, sur la colline de Santec, et j'ai compté les minutes qui nous séparaient.

Sur le versant face à l'île mystérieuse, accroupie, elle parlait à un minuscule lapin noir qui la regardait de son œil aussi noir, sans bouger, tout tremblant. De là où j'étais, je ne pouvais entendre ce qu'elle lui murmurait. Un mètre les séparait tout au plus, alors qu'habituellement ces rongeurs sont aussi farouches que des farfadets. Lorsque je fus trop proche, en quelques bonds, le lapin détala dans un trou creusé sous un dolmen contre lequel Lilith avait posé son sac d'où dépassait une bouteille de Pommard premier cru de dix ans d'âge.

Elle se rendit compte qu'elle avait oublié son tire-bouchon. Elle enleva alors l'une de ses deux énormes grolles Buffalo blanches pour enfoncer tout au fond le goulot de la bouteille. Et cogna sur le rocher avec le bout de sa semelle pour extraire le bouchon en jouant sur la pression du liquide. Voilà quelque chose que n'aurait pu faire Esther. Lilith a fini le travail avec les dents. Elle avait fauché la bouteille au supermarché.

On s'est assis sur le bunker, tout en haut de la colline. La mer était absolue, agitée et sombre. Elle m'a lu les lignes de la main ; j'en ai profité pour attraper les siennes. Elle m'a dévisagé dans un sourire renversant de gaieté ivre. Nos lèvres se sont rapprochées pour un lent et long baiser. Suite à quoi, on a sauté du bunker.

Au moment où elle allait défaire le bouton de mon jean, ses yeux se sont grand ouverts ; elle s'est arrêtée net, comme si elle avait vu passer un fantôme, comme si elle t'avait vu passer, Dibbouk. Jeff gravissait la colline ; il avait d'abord fait semblant de ne pas nous voir.

Le soir, j'ai fait en sorte qu'il aille chez Nono. On s'est retrouvés seuls, elle et moi. Notre première étreinte fut d'une bestialité dont je ne me croyais pas capable. Après quoi, le dos en feu à cause de ses griffures, je suis resté haletant dans ma flaque, comme si j'avais couru un marathon après quatre paquets de clopes. Après avoir joué avec la mare de suie au creux de mon nombril, elle a dessiné sous mon aisselle, au stylo Bic, un troll chevelu, auquel elle donna je ne sais plus quel nom farfelu.

Le lendemain, Jeff m'a pris à part pendant qu'elle était sous la douche.

– Écoute, j'la sens pas. Elle, c'qu'elle veut, c'est du poly-amour.

– Oh, ta gueule !

La porte de la salle de bains s'est ouverte sur un vrai hammam, elle jaillit du nuage de buée seulement vêtue d'une serviette de bain enroulée autour d'elle, du haut de ses cuisses à la naissance de sa gorge. « Tiens, salut Jeff ! » fit-elle en s'empressant de traverser le salon, assez peu gênée par sa présence, alors qu'il la violait du regard. Elle est rentrée dans la chambre.

– Ce matin, t'es encore entré sans frapper, hein, sagouin ?

– Ouais, j'voulais pas vous réveiller, j'cherchais mon chargeur.

– Non, t'es venu nous mater parce que t'es un putain de pervers, mon gars.

– Et moi, j'vais t'dire c'que t'es. (Hoquet.) Un sale trou-du-cul ingrat ! Et moi, j'vais t'dire un truc : j'compte partir aujourd'hui.

Sur cet assaut culpabilisateur, il entreprit de faire sa valise, avant de fondre en larmes en s'excusant de son comportement qu'il ne contrôlait pas. Ça avait beau être des larmes de crocodile, je l'ai serré dans mes bras et je l'ai amadoué. Il y avait un train toutes les heures.

Il a attendu que je change d'avis, reniflant sa morve ; j'ai gardé un silence inflammable. Lilith n'a pas posé de questions quand il est parti. Faut dire qu'elle était dans la chambre en train de téléphoner.

Comme tu peux le voir, mon stylo commence à manquer d'encre. Je suis épuisé. La nuit est tombée. Notre train part demain matin, et puis chacun rentrera chez soi, dans un premier temps.

Adieu

17

Près de la gare d'Austerlitz, la rue se reflétait dans l'immeuble du *Contemplatoire*, la « cathédrale de verre ». À travers la façade sud, la plus haute de toutes, les passagers du métro aérien pouvaient se mirer en passant.

Derrière la vitre sans tain du deuxième étage, à l'abri des regards, j'avais contemplé pendant des heures la chaussée en attendant l'arrivée de papelards à me mettre sous la dent.

Un grand panneau dehors affichait une publicité pour les croisières-débats. Sur les flots, on pouvait compter sur la généreuse présence de la nouvelle direction bicéphale, à savoir Claude Voute et Pierre Angoulher. Les deux intellectuels posaient crânement sur le pont du paquebot. Ils annonçaient une « journée de mer houleuse pour partir à l'abordage des idées ».

Au cœur de la cathédrale, les espaces communiquaient par un atrium ouvert sur le ciel, décoré d'orchidées et de sofas d'où les visiteurs pouvaient contempler les nuages en attendant le surgissement d'un journaliste de l'un des nombreux ascenseurs qui évoluaient sous leurs yeux dans des tubes de verre.

Bernard Petitcollin m'attendait dans son bureau de rédacteur en chef, le seul intégralement fermé de l'open-space des services Économie et Immobilier. C'est dans ce service qu'un CDD de correcteur était à pourvoir. Je n'avais encore jamais rencontré Bernard ; peut-être, après tout, avait-il appris par Xavier pour les quelques formats timbre-poste que j'avais écrits dans le supplément télé, quelques articles de publicité qui ne dit pas son nom à propos de festivals partenaires ; tel était mon bâton fragile de maréchal rédacteur.

Petit et sec, la soixantaine, une tignasse autoritaire, des lèvres pingres. Me remarquant enfin dans l'encadrement de la porte, il me fit signe de m'asseoir. Il me demanda de me présenter brièvement, car il avait un autre rendez-vous dans une demi-heure.

Il écoutait mon récit ennuyeux, éloigné de la réalité, avec attention. Après avoir chaussé ses lunettes rondes à monture d'argent et examiné en diagonale ma lettre de motivation, il mordit son crayon puis me posa quelques questions basiques sur mon usage du guide du typographe, ou de ProLexis, que je considérais comme le logiciel de correction le plus pointu. Bifurqua sur le « très charnel *Petit Robert* », ou le « trop permissif *Larousse* » pour un usage professionnel. S'attarda sur le Girodet et le Thomas, saint Thomas, véritable bible des correcteurs. Enfin, évoqua évidemment la « bonne vieille mère Grévisse », sainte mère du bon usage de la grammaire.

Puis il me demanda de lui parler de la hausse du prix des loyers à Paris. Je ne lui cachai pas tout le mal que j'en pensais : les pauvres retraités expulsés de chez eux, jetés à la rue, voilà une bonne raison de tremper sa plume dans la plaie.

– Bon. Je vous préviens, vous êtes à l'essai.

– Oh, merci monsieur de m'accorder votre confiance !

– Tutoyons-nous, et appelle-moi Bernard, on n'est pas au *Figaro* ici.

– Bien, Bernard.

Je serai payé au Smic. Détail que je n'appris qu'à la fin de l'entretien. Le contrat me parvint le lendemain par lettre recommandée. Je prendrai mes fonctions dans une semaine.

DEUXIÈME PARTIE

L'entonnoir des fous

18

Lilith avait un peu trop goûté aux paradis artificiels, m'a-t-elle avoué la première fois que l'on s'est revus à Paris. C'est pour se défaire de ce qu'elle considérait encore comme de mauvaises habitudes qu'elle s'était fait cette « cure » en Bretagne, l'ami qui avait ouvert le squat à Saint-Jacques-de-Santec ne touchant pas à la dure. Une inquiétude pointa le bout de son nez. De quels paradis artificiels voulait-elle parler ? En existait-il un que j'eusse à redouter ?

Je retins mon souffle, le temps qu'elle passe en revue sa sympathique petite pharmacie en se triturant des cheveux devenus roses. Elle portait des bas résille ravissants sous sa jupe.

Beuh.

LSD.

Magic mushrooms.

Oui, mais encore ?

Extasy.

MDMA.

3-MMC, mais ça lui défonçait trop les naseaux.

Héroïne, en *speedball.*

Cocaïne.

Oui, mais qu'est-ce qui rime avec cocaïne ?

Amphétamines.

Non, pas celle-là !

Et celle en douze lettres dont la première est un *I* ?

Non, heureusement, celle-là, elle ne la prisait pas. En entendant le nom lâché comme un secret honteux, elle se contenta de secouer la tête. Lilith n'avait pas grand-chose à en dire, bien qu'elle eût des idées arrêtées sur les consommateurs d'Illuminatine et les paranoïaques en général. Citant Freud sans probablement le savoir, elle considérait ce mal comme l'expression d'une « féminisation » obscure chez l'homme, d'un désir de féminité réprimé. Mais lorsque je supposai que ce désir n'était pas celui d'avoir un vagin mais un utérus, elle me reprit fermement : l'appareil reproducteur n'a rien à voir avec le sexe et le genre. Je finis par lui donner raison sur le principe.

Une autre de mes interrogations l'embarrassa : pourquoi trouve-t-on une si faible proportion de femmes parmi les complotistes, et même les paranoïaques ? Elle l'évacua en m'invitant, mi-figue mi-raisin, à « déconstruire » ma masculinité, mais tomba d'accord avec moi sur le lien évident entre complotisme et antisémitisme. Elle était en revanche d'accord avec l'idée que la haine de l'antisémite contre le Juif tiendrait dans l'excès de féminité que trouve le premier dans les traits et l'attitude du second. De nombreux antisémites considèrent la féminisation de la société comme allant de pair avec la domination du monde par les Juifs. Parce qu'elle semblait ne pas avoir autant réfléchi à la question antisémite qu'aux autres racismes, il y eut un blanc. Alors, pour lui donner le change quant à sa confidence à propos de la raison de son séjour à Saint-Jacques-de-Santec, je lui avouai avoir dû vendre mes livres pour payer le mien et commencer à me tirer d'une misère noire. Elle m'écouta avec attention, visiblement affectée, avant de psalmodier, ce qui me fit présager qu'elle n'avait jamais manqué d'argent :

– C'est pas si grave, quand on a comme toi une riche vie intérieure.

Elle a voulu savoir pourquoi je me posais toutes ces questions et m'a demandé si j'écrivais un livre sur l'antisémitisme. Je lui répondis que non.

Soudain, trois coups de sonnette retentirent. On n'attendait personne. J'ai enfilé un fute et un tee-shirt et ai collé mon œil au judas. Un autre œil, morne celui-là, tentant aussi de voir au travers de la porte, recula : celui de l'huissier de justice Jacques Italo, qui s'annonça d'une voix métallique.

Lilith, qui avait compris la situation, conserva son calme. Elle m'a fait signe d'ouvrir la porte. J'ai trouvé en elle la force de m'exécuter, de me jeter dans le bec du grand oiseau carnassier tordu par la fureur. Il me reconnut aussitôt.

– Vous vous êtes payé ma tête, geignit-il. C'était donc vous, la dernière fois, dans les escaliers. Vous m'avez menti ! Vous devez encore 500 euros à la société Debitum Solutionis, une somme à ce jour majorée de 30 %. C'est sans compter l'autre moitié de la somme que vous aviez payée déjà bien trop tard, tenez, tout est écrit sur ce document. Nous avons engagé une procédure de saisie.

– Mais, tentai-je, je commence un nouveau travail, je vais pouvoir m'acquitter de mes dettes, laissez-moi quelques semaines, je vous en prie.

– Monsieur, je n'ai plus aucune raison de vous croire.

Lilith colla son menton contre mon épaule. Le regard chargé d'un féroce mépris, elle toisait l'huissier de la tête aux pieds pendant qu'il prenait des notes sur une tablette sans lui prêter attention.

– Dites donc, monsieur le vautour, dit-elle, des comme vous, j'en empaillerais au petit déjeuner.

Là, les yeux aviaires du « vautour » fondirent sur elle. Il balbutia :

– Madame, je suis assermenté.

– Oui, eh bien moi, je vais payer cette dette. Combien, monsieur le vautour ? Je viens de vendre une série de chimères à un millionnaire chinois, j'ai du flouze, dit-elle en sortant de son porte-monnaie une liasse de billets verts et marron.

– Madame, monsieur, votre petit numéro de provocation va vous coûter cher !

– Mille euros, c'est ça ? Pas de problème, Jacquy. Hé, j'aime tes mocassins à glands. Du cuir d'agneau de premier choix ! Savez-vous comment est morte la pauvre bête ?

– Hors de question que tu paies, protestai-je.

– Allez, oublie un peu ta fierté de mâle, c'est mon plaisir. Et vous, le représentant de la justice qui n'en a que le nom, je m'engage à payer cette somme. Sortez-moi un putain de document d'honneur que je signe.

– Je note un outrage répété à l'encontre d'un agent dépositaire de l'autorité publique, cela peut vous coûter un an d'emprisonnement et 15 000 euros d'amende.

Il tourna les talons, partit en furie en manquant de dégringoler dans l'escalier. Satisfaite, Lilith a claqué la porte sur un rire qui arracha à Me Jacques Italo un couinement douloureux.

Je finis par accepter et, le lendemain matin, elle tint sa parole, envoya la somme par virement à la société de recouvrement en me faisant promettre de ne me sentir aucunement redevable. Un tel élan de générosité dépassait mon entendement ; le caractère volcanique de Lilith me fascinait.

19

La reprise du travail fut laborieuse. Ayant perdu la main, il me fallait trimer deux fois plus pour parvenir à un rythme satisfaisant ; j'étais loin en tout cas de la grande époque des 30 000 signes corrigés par heure à l'approche du bouclage. Aucune exigence de rendement ne nous était clairement formulée par la hiérarchie, non, ça ne fonctionnait pas comme ça, c'est plutôt qu'au moment où les papiers tombaient sur l'interface, fallait prendre, pas d'autre choix, sinon ça vous pétait à la gueule. Et, quand on voyait les 50 000 signes s'afficher sur l'écran, on savait qu'on allait saigner sa mère.

Heureusement que Xavier était toujours dans les parages. Ce père de famille protestant m'avait toujours materné avec la plus cordiale délicatesse. Il m'aidait à me remettre à jour, notamment sur l'usage de certaines fonctionnalités de la dernière version de ProLexis, à s'arracher les cheveux, mais on n'a rien fait de mieux pour détecter les fautes de grammaire et de typographie.

Le métier revenait doucement.

J'avais oublié que j'aimais ça, ce speed, cette transe où tu fumes de la tête ; j'aimais déjà moins le contact avec les rédacteurs. Un doute sur l'emploi d'une formule ? Je tranchais en évitant de les questionner sur ce qu'ils voulaient dire ou, quand je trouvais un mot plus fort pour exprimer une idée, je me gardais bien de le leur suggérer.

J'abondais autant que possible dans leur sens pour avoir la paix, contrairement à Corinne, la secrétaire de rédaction, qui n'avait pas peur d'aller au casse-pipe, signifier sans tact l'indigence syntaxique de tous, du stagiaire au rédacteur en chef ; elle burinait les égos de son stylo rouge, et ne semblait craindre personne. Déléguée du syndicat des correcteurs, elle m'alarma un peu sur la précarité de mon contrat de travail, j'étais en période d'essai alors que j'étais en CDD, ce qui serait illégal, m'assurant qu'elle ferait tout son possible pour faire bouger les choses.

Je m'étais retrouvé un après-midi seul avec William Dion, plume historique du service Immobilier. Il se disait que son rendement, en vitesse de pointe, pouvait aller jusqu'à 15 000 signes rédigés par heure, ce qui ne lui laissait pas le temps d'être bavard.

20

Un soir, la télé était allumée dans l'open-space. En direct, il y avait un débat sur la condition animale intitulé : « Doit-on interdire les élevages industriels ? » Parmi les invités : Jean-Paul Macaron, l'ancien présentateur TV devenu activiste antispéciste. Face à lui, Marc-Aurèle La France revenait d'une énième éclipse médiatique.

Soudain, une lumière tamisée verte s'installa sur le plateau et le présentateur s'esclaffa :

– Et maintenant, nous allons accueillir de véritables icônes de la lutte antispéciste. Ils sont sept !, ils sont beaux !, ils braient et leur compte Instagram a séduit 500 000 abonnés. Ils sont…

L'éclairage singea l'ambiance d'une discothèque ; ils ont foutu la comptine pour enfants « Mon âne, mon âne a bien mal à la tête ». Le public applaudissait à tout rompre et riait, quand arrivèrent au pas sur le plateau les sept ânes témoins, croisés place de la République, affolés par la clameur. Éploré, Macaron somma tout le monde de se taire ; je m'attendis à ce qu'il rappelle que ces pauvres bêtes n'avaient rien à faire là, que c'était de la maltraitance animale ; il n'en fut rien.

Il prit un air surpris et ému de les trouver là. Gros plan sur ses yeux humides de crocodile. Il se souvint de la fois où, quatre ans auparavant, il leur avait livré sa dernière confession de consommateur de produits animaux. L'un des chroniqueurs se leva, serra dans ses bras Macaron, comme pour le consoler, et fit mine de vouloir lui rouler une pelle. Hilarité sur le plateau.

Les ânes avaient retrouvé un peu de leur calme.

– Eh bien, reprit le présentateur, quelqu'un a-t-il un péché de viande à confesser ?

Marc-Aurèle La France, la crinière ébouriffée, l'œil insomniaque et à la fois étrangement vif, sauta sur cette occasion de ramener la couverture à lui. Posté devant l'un des ânes, il s'est confessé :

– J'ai fait boire des protéines animales à une végétarienne, mes propres protéines.

Rires, mines outrées, huées. Les ânes ont de nouveau paniqué, sont devenus incontrôlables, se sont mis à courir partout en brayant atrocement, sautant dans les tribunes, manquant d'écraser un spectateur.

J'étais consterné par autant d'avachissement mental. William écrivait, imperturbable, tout voûté et tendu par la pression permanente qu'il s'imposait.

21

Un lieu à Montreuil revenait souvent dans la bouche de Lilith, un ancien phalanstère transformé en squat. Ses amis y créaient des tas de trucs conceptuels dans les ateliers du rez-de-chaussée alors que, dans les étages supérieurs, les chambres, il y avait les résidents, les bacchanales militantes, ceux qui s'adonnaient au chemsex, l'inépuisable partouze sous prods. Ce petit monde très ouvert me sembla farouchement défendu. Mais voilà, j'étais embarqué par son récit. Comme si ce sentiment d'insécurité, je l'avais toujours guetté au fond de moi.

Une des phalanstar'tienne dont elle parlait s'appelait Mélissandre, Lilith l'idolâtrait. Elle gagnait son pain comme « performeuse nue » la nuit et modèle le jour.

Le premier de mes amis qu'elle rencontra fut bien sûr Pierre. On a débarqué chez lui en escaladant la haie, ce qui plut à Lilith, laquelle s'y prit avec l'agilité d'un chat. Il n'était pas parti au camp de Victor en Bourgogne pour fuir la guerre civile, contrairement à ce qu'il avait écrit dans sa lettre. Derrière ses lunettes de soleil, Pierre cuvait sur une chaise longue alors qu'on se les caillait dans son jardinet. Il leva paresseusement le bras en guise de bienvenue, râla un peu de ce que cet usage lui coûtait en tranquillité. Comme chaque fois, il accepta cependant de se laisser envahir, ainsi en allait-il aussi avec les nouvelles théories. Ses traits se crispèrent et, le teint blême, le regard trouble, il se raidit ; son système nerveux était à plat. Debout, il jeta un coup d'œil inquiet à travers la haie. Il avait ces traits tendus des jours de grandes perches à l'Illu, des tics, la bouche tordue comme par un goût amer acide, les yeux troubles des grands soupçons.

– J'espère qu'ils ne vous ont pas foutu un micro. Je suis sur écoute…

– Non, et personne ne nous a suivis.

– Comment tu le sais ?

– J'ai regardé plusieurs fois derrière moi, et je n'ai remarqué personne susceptible de nous mettre un micro.

On a passé la porte-fenêtre. Derrière nous, il ferma les rideaux, nous ordonna d'enlever nos chaussures, de nous laver les mains et de nous asseoir autour de la table basse. Il regarda Lilith en chien de faïence, un peu méfiant, je le rassurai d'un clin d'œil.

– Vous sortez ensemble ?

– C'est ce qu'on fait en ce moment, on sort, oui, répondit-elle, regardant autour d'elle, pas très à l'aise.

Elle alluma une clope roulée. Pierre la lui fit éteindre immédiatement en brûlant du papier d'Arménie. Le jour, il ne tolérait plus chez lui que la fumée des joints. Il alla chercher dans la cuisine du whisky, servit Lilith en premier, et me congratula à propos de son physique, provocateur. Mais elle rit d'un rire condescendant qui le désarma.

J'eus beau lui avoir vendu Pierre comme un punk, un antisystème, un anarchiste, j'ai bien senti qu'elle l'avait catalogué en anar de droite, surtout après s'être arrêtée, avec une moue ironique, sur le Christ en bronze accroché au mur du salon. Le détaillant de la tête aux pieds, elle lui dit qu'il était un mélange de skinhead et de BCBG, avec ses chaussons en cuir impeccables et sa casquette militaire à visière carrée. Cette pique lui glissant sur la peau, il s'enquit de savoir comment elle en était venue à adopter une pareille couleur de cheveux. Elle les avait alors teints en vert foncé pour marquer le début d'un nouveau cycle de vie. Cette explication amusa Pierre ; derrière son masque, je vis bien que le mépris de classe était réciproque.

– Et tu fais quoi de tes journées ? lui demanda-t-elle.

– Je me promène, et je lutte contre le mal, dit-il.

– Oh, moi non plus je ne suis pas seule dans ma tête. Si tu veux mon avis, la vie sans diable serait d'un profond ennui, car Dieu est chiant.

Voilà un moyen de lui faire monter la moutarde au nez. Une veine se dessina à sa tempe ; il désigna le Tout-Puissant de son index, interdisant qu'on blasphème sous son toit. Lilith se retint de rire, regrettant son débordement qui m'avait mis dans l'embarras.

– Excuse-moi. Je ne voulais pas offenser ta sensibilité, simplement faire de l'humour.

– Eh bien, c'est raté. Je suis l'objet d'une cabale, c'est pas le moment de me porter le mauvais œil. Je sais aujourd'hui trop de choses. S'ils savent que vous êtes là, vous aurez des problèmes.

– Mais qui t'en veut ? s'adoucit Lilith.

– Ceux qui ont intérêt à ce que je me taise pour faire leurs sales affaires dans la société.

Le visage de Pierre s'obscurcit, Lilith préféra ne pas insister.

– Lilith est taxidermiste ! tentai-je, pour briser la glace.

– Vraiment ? Et quelles bestioles empailles-tu ?

– Ça dépend de la demande et de ce qui se présente. Si j'avais à faire une œuvre dans l'immédiat, idéalement, ça serait la chimère de tous les êtres vivants du monde et de la galaxie.

Pierre réfléchit : une telle idée serait-elle digne d'être formulée par un écrivain de science-fiction ? Il aimait l'image, mais grimaçant, il se reprit. Quelqu'un sonna à la porte : un Antillais en salopette bleue, affublé d'une espèce de talkie-walkie accroché à une sangle. Dépassant Pierre d'une tête, il regardait derrière lui :

– Bonjour, je viens installer le compteur Linky, dit-il.

– Vous n'allez rien faire du tout, dit Pierre dans un mouvement d'épaule, comme pour armer son bras.

– Monsieur, ce dispositif est obligatoire dans tous les foyers dotés d'électricité. C'est la règlementation européenne.

– Oui, eh bien je me torche avec l'Europe, dit Pierre, la veine semblant sur le point d'exploser. Écoutez, personne ne va me foutre cette putain de machine à cancer avec de la 5G dans les ondes faite pour nous contrôler et dérégler notre champ électromagnétique. Sachez que vous avez du sang sur les mains à faire ce job dégueulasse, vous participez à un meurtre de masse ourdi par les serviteurs de Satan ! Au revoir ! Et ne vous avisez plus de foutre les pieds ici !

Claquant la porte, il vociféra un « merde » et son poing s'écrasa contre le mur. Je n'avais jamais vu Pierre dans un état pareil.

Lilith ne pourrait jamais être amie avec un complotiste, me dit-elle. Pour tirer mon épingle du jeu, j'ai failli lui avouer que je me préparais à écrire un livre sur ce sujet. Mais je me suis abstenu.

22

Fin d'après-midi, au journal, par une pluie torrentielle.

William n'avait pas pris sa pause déjeuner. Ses doigts sur le clavier se confondaient tant il allait vite. Mon interface était déserte depuis un moment. Alors je suis monté fumer sur la terrasse en passant par la salle des archives. Corinne, sous le porche, fumait une Gitane avec filtre, nerveuse.

Ce jour-là, elle en avait particulièrement gros sur la patate contre les patrons. J'aimais bien Corinne ; j'admirais le courage de cette sainte mère des syndicalistes. Elle était l'un de ces vieux spécimens de trotskystes dont il ne resterait bientôt plus rien, et je l'aimais aussi pour ça, parce qu'elle appartenait aux ruines, à un monde révolu, dernière des Mohicanes.

Elle m'apprit qu'il y avait un débat très attendu dans

l'amphithéâtre du bâtiment associatif accolé au journal où se déroulaient souvent des conférences, des expositions et des concerts. Cette fois, il s'agissait d'une table ronde sur le thème de la démocratie avec l'intellectuel Philippe Le Duc et… Marc-Aurèle La France.

Quand on a débarqué, Claude Voute, songeur, se lissant la barbe, reclassait ses fiches machinalement tout en tapotant sur son micro :

– Un. Deux. On me dit qu'il y a une conférence, ici. Un certain Philippe Le Duc et l'autre, Marc-Aurèle La France, il semblerait. Ça vous dit quelque chose ?

Rires contraints dans la salle.

Philippe Le Duc arriva par la porte des conférenciers. La France l'imita et s'arrêta un moment sur l'estrade avant de s'asseoir, détaillant la foule de son œil insomniaque ; il s'assit enfin. Corinne bougonnait. Xavier nous rejoignit dans sa chemise turquoise et son blazer de présentateur TV des années 1980.

– Qu'est-ce que la démocratie ? commença La France.

– Après m'être interrogé toute une vie sur cette question, je l'ignore, cher Marc-Aurèle, fit Le Duc en l'irradiant de son regard visionnaire. Mais ce dont je suis certain, c'est qu'elle doit avoir conscience de ses limites.

Claude Voute, haussant les épaules, se tourna vers le public :

– Est-ce que quelqu'un ici a une personne dans son entourage à qui la pluralité des opinions pose problème ?

Silence.

– Je crois que vous n'avez pas compris ma question, fit La France en secouant sa tête comme un vieux singe, ajoutant, sur un ton des plus cérémonieux : Je suis venu faire l'annonce d'un projet démocratique expérimental…

– Que voulez-vous dire par là ? demanda le directeur du journal.

– Une vision révolutionnaire. Pas une utopie, non. Au contraire, une topie. Les votants y choisiraient une ligne politique saisonnière, avec deux pôles qui se succéderaient, pivoteraient comme les deux rois en miroir d'une carte. Deux fois dans l'année, oui, c'est cela. L'hiver, ou plutôt à la période la moins chaude, le gouvernement opterait pour une politique droitière, avec un pic en février. Tandis que, disons de juin à novembre, à gauche toute ! De gauche l'été, de droite l'hiver, avec une phase de transition centriste au cours des demi-saisons. Un peu comme les règles de stationnement à alternance bimensuelle. À gauche. À droite.

– Tout dépend d'où on se positionne, fit remarquer l'interviewer.

– Attendez, trancha Le Duc, les yeux fixes comme ceux d'un hibou. Je n'ai jamais rien entendu d'aussi ubuesque. Les Français n'en peuvent plus des girouettes, et Marc-Aurèle veut rendre la France schizophrène. Comme l'a dit si justement Jean-Luc Kingson dans l'une de ses sublimes chansons, « le peuple finira toujours par entendre la girouette grincer ».

Rires dans le public.

– Chacun sa place, dit La France. Et je me garderai de tout commentaire quant à cette soupe dégueulasse que nous sert depuis plus d'un demi-siècle ce chanteur bien-pensant.

– Jean-Luc Kingson est un chanteur engagé ! s'ingénia l'économiste. Le plus génial de toute sa génération !…

– Un peu de sérieux, messieurs, s'il vous plaît, recadra l'interviewer.

Au fond de l'amphithéâtre, des cris hostiles interrompirent le débat. Les trois protestataires au crâne rasé appartenaient, comme indiqué sur leur sweat capuche, au groupe Cash Action, consacré au parasitage de tout ce qui faisait, selon eux, entre autres, la promotion du cosmopolitisme ; comme le complot pédosataniste, une de leurs marottes. Pour qu'on voie bien leurs muscles, ils portaient court leurs sweats noirs à capuche avec les initiales du mouvement. Celui qui détenait visiblement le plus d'autorité, au nez aplati qui tranchait avec un haussement de sourcil efféminé, beugla dans son gigaphone :

– Mensonge ! Ces enculés font partie d'une société secrète qui veut encourager la décadence des nations, en donnant aux peuples l'impression d'avoir toujours le choix.

La France, après s'être retroussé les manches, se dirigea, bombant le torse, vers le chef qui partit dans un grand rire. « On nous ment ! » éructa un autre, alors qu'à mi-chemin Marc-Aurèle La France s'était arrêté, les jambes flageolantes, un doigt en l'air qui moulinait : « La plume est plus forte que l'épée. » Il revint sur ses pas, comme un prince, pendant que les objecteurs de conscience imitaient le cri d'une poule, et que le plus assuré décrétait que La France avait une plume dans le cul, ou plutôt qu'il trempait, pour écrire ses livres, sa plume dans ses excréments. Sur ces paroles définitives, ils partirent, laissant l'assemblée parfaitement indifférente. Le débat reprit, comme s'il n'avait jamais été interrompu, avec une remarque de l'économiste qui avait gardé son sang-froid :

– Mettons que, sur votre planète de Shadocks, les gouvernants retournent leur veste deux fois par an sans la faire craquer. Admettons. Mais alors, pouvez-vous me dire ce qu'il adviendra de l'opposition ?

– Eh bien, figurez-vous que j'y ai songé, elle n'aura qu'à se calquer, par opposition, sur le calendrier de ceux qui gouvernent. Elle disposera, elle aussi, d'un solstice et d'un équinoxe. De la sorte, nous éviterons la pensée unique.

– Et quid du vote ? Y avez-vous pensé ? fit le modérateur. Comme les présidentielles sont toujours au printemps, si les gens se calquent sur les saisons politiques, ils voteront à gauche !

– Ça ne pose aucun problème, puisque, de toute manière, le gouvernement, quel qu'il soit, ne sera que partiellement de gauche ou de droite.

Voilà ce que j'appelle des idées et du parler franc. Cette vision politique me plaisait bien, car il est vrai que, dès le printemps, j'aimais me rendre à des concerts gratuits, m'allonger dans les jardins publics, j'étais plus tolérant ; au premier ciel blanc, c'était l'inverse. Le Duc regarda furtivement sa montre, en forme d'étoile filante, avant de la camoufler nerveusement dans la manche de son costard, où elle se trouvait un instant auparavant. Je l'avais déjà vue portée par quelqu'un d'autre – célèbre lui aussi…

23

Lilith venait chez moi sans jamais m'inviter chez elle. Loin d'elle l'idée de se sentir complexée de vivre dans un squat. Elle bredouillait que sa chambre, dans cette jolie maison qu'elle m'avait montrée en photo, prise en étau entre deux immeubles, était provisoirement un dépotoir à cause de ses peaux de bêtes, son atelier, à quelques kilomètres de là, étant plein à craquer. On s'est donc retrouvés dans son quartier, le bas de Belleville. Sous l'arrêt de bus, elle se jeta à mon cou.

On a marché sans but précis. Elle portait son ample blouson mauve d'où jaillissaient des bouteilles comme des lapins d'un chapeau, et était coiffée d'une casquette à hélice jaune et verte. Sur le Pont-Neuf, elle m'a entraîné sur le muret qui nous séparait du vide en me questionnant des yeux, comme si c'était moi, et non pas elle, qui m'entraînais là-haut puis, de l'autre côté du parapet, sur la plate-forme assez large pour s'y installer à deux l'un contre l'autre, jambes pendues au-dessus de la Seine. Un vent frais nous électrisa, ce qui mit en route l'hélice bicolore, juste sous mon nez ; son bassin se mit lui aussi en route.

– Dis, j'espère que tu ne te prives pas d'autres tendresses, dit-elle d'une voix blanche comme la neige et trouble comme la Seine. Et ne crois pas qu'en te parlant de ça, j'exprime mon propre désir poly-amoureux.

Le vent s'intensifiait. L'hélice n'était plus jaune et verte mais d'un jaune furieux, aussi furieux qu'un coup de canif dans le bas-ventre.

– Je ne t'empêcherai jamais de faire quoi que ce soit, dis-je.

– Ah oui ? Tu sais, j'aime aussi les femmes.

– J'ai rien contre, tant que je suis convié à la partie.

– T'es con.

L'hélice s'arrêta, et Lilith abaissa son collant. Dans le bleu de la nuit, le phare d'une péniche nous aveugla comme deux lapins pris dans ceux d'une voiture.

Plus tard, chez moi, elle me déclara qu'elle m'avait toujours attendu. Que c'était écrit. Alors, je l'ai noté sur un bout de papier.

24

Je n'éprouvais pas de sympathie particulière pour le chanteur engagé Jean-Luc Kingson, dit « le King », qui s'était produit dans quelques prisons dans les années 1980, dans des usines en grève, avait menacé de casser la gueule à un ancien collabo dans l'une de ces émissions culturelles où l'on fumait encore, distribué des fucks à quelques paparazzis, et récemment décroché la triste consécration de « personnalité préférée des Français ». Comme il allait entamer un concert dans la salle de conférences du bâtiment accolé au *Contemplatoire*, Xavier insista pour que je vienne l'écouter chanter son dernier album, « L'Indigné », qui, disait-il, valait le coup. Je l'y suivis.

– Il est en retard, ton chanteur, fis-je remarquer à Xavier, sur le point de faire la bise à Corinne.

Les musiciens s'installèrent sur la scène improvisée. Les deux directeurs apparurent à leur tour. Claude Voute, le premier, s'adressa au public :

– On m'annonce dans l'oreillette qu'un certain Jean-Luc Kingson s'est perdu par ici. Un. Deux. Si vous le voyez, faites-moi signe !

Après de longues secondes, un rire gêné se propagea du premier rang aux quatre coins de la salle, assez vite étouffé par l'intervention de l'autre directeur Pierre Angoulher, partant au secours de son binôme. Il bégayait quelque peu :

– Son réveil n'a p'pas sonné, mais il, il devrait arriver d'un instant à l'autre.

Il se passa bien un quart d'heure avant que le King n'arrive, acclamé à tout rompre. Essoufflé, un peu grossi dans son ample costume de cuir blanc, il était coiffé d'une banane noire ébouriffée sur le côté, comme s'il venait, en effet, de se réveiller d'une sieste. Autour de son cou : l'emblématique foulard de soie rouge qui ne le quittait plus depuis sa période maoïste. Il m'apparut bien plus petit qu'à l'écran. Le teint plus blafard, la mine vieillie, pour ce que laissaient entrevoir ses énormes lunettes de soleil posées sur son nez aquilin. Il but quelques gorgées de Coca et commença :

– Si je suis heureux d'être ici ce soir, je suis particulièrement révolté par certaines accusations qui me sont faites. Combien ont fini brisés par la calomnie ? Parce qu'ils ont osé combattre la haine mensongère ! Écrasés, humiliés ! Combien le mensonge a-t-il fait de victimes ?! Cette première chanson s'appelle « Les suicidés de la calomnie ».

Le batteur fit rouler les fouets sur sa caisse claire ; un accord grave sortit du piano et, au premier son de la guitare, Jean-Luc Kingson prit son timbre de crooner :

Monsieur le calomniateur,
Qui croit atteindre la blanche colombe,
Quoi d'autre qu'une rancœur,
Te reste-t-il en ce bas monde ?

C'est ça, fieffé fasciste,
Allez, dégueule ton persiflage,
Nous apprendrons de ta vie triste
Que le mensonge ne traverse pas les âges.

Les suicidés d'la calomnie,
Si seulement j'croyais en Dieu,
J'leur d'mand'rais quant à eux,
D'm'écrire une lettre du paradis.

Combien de mensonges ont,
Comme des poignards rouillés,

Fait couler les cœurs d'innocents ?
Combien de mers de sang,
Le mensonge a-t-il coûté ?

Les suicidés d'la calomnie
Sont des anges de la vérité
Que le mensonge a salis.
Et moi je chante leur louange,
Cette prière sans piété.

À la fin de la chanson, Kingson regarda l'heure sur sa montre en forme d'étoile filante. Après l'avoir fait glisser sous sa manche, avec son mouchoir, il se tapota le front où perlaient des gouttes de sueur.

Soudain, la porte battante claqua bruyamment. Deux hommes apparurent, je les reconnus tout de suite. C'étaient les mêmes types du groupuscule Cash Action.

– Tu parles d'un King ! commença le plus jeune.

– Un pédophile, oui ! ajouta le chef dans un haut-parleur qui grésillait.

Kingson, très calme, prit une longue inspiration.

– Monsieur, vous ne pouviez mieux illustrer ma chanson.

– Ah ! et ce n'est donc pas vous qui avez déclaré sur un plateau qu'il est délicieux de déshabiller un petit garçon ? commença le chef.

– C'était un *deep fake*, peut-être ? ajouta l'autre.

– Et cette pétition que vous avez signée pour la soi-disant « liberté sexuelle des enfants », c'est pas jojo tout ça. Y'avait pas d'ailleurs aussi votre grand ami Philippe Le Duc, dans le coup ?

Ils finirent par s'en aller, laissant l'assemblée, une fois de plus, parfaitement indifférente. Seul le King commenta :

– Le sort est souvent curieux. Comme me l'a dit si justement le grand penseur Philippe Le Duc, avec qui je dînais hier soir : « Le hasard est une route empruntée par le Tout-Puissant pour se casser en catimini. » Cette chanson pourrait lui être dédiée. Elle s'appelle « L'Insoumis ».

Avec sa guitare pour seul accompagnement, à la croisée de la variété et du slam, c'était infect.

Soudain, la porte claqua à nouveau, quand réapparurent les deux agitateurs, cette fois plus remontés. Le chef annonça avec une préciosité tranchant sur son allure de brute épaisse :

– Je m'apprête à faire une révélation de la plus haute importance.

Savourant les mots qu'il venait de prononcer, l'agitateur déglutit, clignant des yeux bêtement, avant de poursuivre, l'index pointé sur le King :

– J'ai la preuve que cette merde n'est pas celle qu'elle prétend être !

Une vague de murmures traversa l'amphithéâtre, comme si la menace était soudain à prendre au sérieux. Le chef sortit de la poche de son cuir épais quelque chose d'assez petit pour ne pas être vu, qu'il tenait entre le pouce et l'index, et il l'envoya sans y prêter plus d'attention au fond de son gosier qu'il arrosa d'un geste brusque du contenu de sa flasque en métal :

– Jean-Luc Kingson et Philippe Le Duc sont un seul et même pédophile. Kingson a été inventé de toutes pièces par Philippe Le Duc ; j'ai la preuve de ce que j'avance. Regardez cette montre qu'il ne va pas tarder à cacher, c'est un exemplaire unique. Il se trouve que je l'ai vue portée plusieurs fois par ce trou-du-cul.

Cette révélation plongea la salle dans un silence profond et circonspect…

– Vous n'avez jamais remarqué que les deux se jettent tout le temps des fleurs ? interrogea l'autre. En plus, ils ont connu leur célébrité en même temps, et ça ne vous interpelle pas ? Et puis, je vous signale qu'on ne les a jamais vus ensemble dans la même pièce, sur un même plateau télé, une même émission radio… Ils sont un seul et même violeur d'enfants et servent le même complot pédo-sataniste.

– Cerveaux malades ! cria un spectateur.

Des huées s'ensuivirent. Le King peinait à masquer sa nervosité. Derrière ses lunettes noires, il était bourré de tics, un peu comme un rapace nocturne, et d'ailleurs… ne ressemblait-il pas à un hibou… comme… Philippe Le Duc, pensai-je ? Le monde est fait de coïncidences, mais enfin bon, ça n'a fait que me traverser l'esprit. Cette découverte à laquelle j'accordai crédit allait sûrement bouleverser le cours de mon livre…

– Moi, je l'ai vue, sa montre, dis-je. Et, sans vouloir émettre de conclusion hâtive, je viens de me rappeler que Philippe Le Duc avait une montre similaire à celle de… Kingson, ce soir.

– Tu veux dire que tu crois ces illuminatinomanes ? me demanda Xavier avec un mouvement de recul.

– Tu vois pas qu'il nous fait marcher ? fit Corinne.

Ça avait viré au pugilat. « Fachos ! » scandaient les uns dans le public. « Bobos ! » répliquaient les intrus. Une belle illustration du débat politique contemporain.

Prétextant un rendez-vous, je partis. Sur le parvis de la cathédrale de verre, Bernard Petitcollin m'interpella. Il voulait savoir si j'avais un sujet à proposer.

– Oui, éventuellement, sur les squats. Quelque chose d'explosif.

– Je t'écoute.

– Un squat d'artistes est menacé d'expulsion à Montreuil, un lieu d'effervescence culturelle.

– Tu veux parler du phalanstère machin ?

– En effet.

– Je connais le dossier, oui. Et alors, c'est quoi l'actu ?

– Ils vont être expulsés et le bâtiment sera détruit pour construire à la place un commissariat.

– Tu connais quelqu'un là-bas ?

– Ça se peut.

– Vendu.

25

Une soirée de mars 2024. Il devait être 20 heures. Le Phalanst'art se dessinait au bout de la rue. Je n'avais jamais rien vu de tel. Huit étages. Soixante mille mètres carrés. Sur la façade, pas moins de trente fenêtres, compartimentées en carreaux pour certains cassés ou recouverts de graffitis. Elle était parcourue d'armatures visibles, en fer rouillé, et d'un peu de lierre mort. Au fronton, on pouvait encore déchiffrer ceci : « Fabrique de nougats. Complexe du… ». La suite avait foutu le camp avec la couche de plâtre. Au pied de l'aile gauche, un terrain vague avait été transformé en potager par les habitants du Phalanst'art.

– C'est dégueulasse ! s'indigna Lilith. La mairie de Montreuil a eu gain de cause. Dans deux mois, les phalanstartiens seront expulsés. Toute cette émulation piétinée, quel gâchis ! Pauvres Phals…

Les Phals étaient au nombre de deux cent cinquante ; certains vivaient là depuis les tout débuts du squat, vers 1990.

En 1932, l'année de la construction, le bâtiment s'insérait dans une cité industrielle, un projet utopique inspiré par les phalanstères. Les ouvriers y passaient toute leur existence. Dans les étages supérieurs, certains appartements étaient prévus pour accueillir des familles nombreuses. Un bâtiment annexe – aujourd'hui le terrain vague –, était même pourvu d'un grand magasin, d'un restaurant, d'un tabac-presse et d'un cabinet de médecin.

L'usine a fait faillite dans les années 1970, puis a été laissée à l'abandon, et bientôt un premier collectif d'artistes s'établit dans les étages supérieurs, attendant que passent les quarante-huit heures réglementaires pour faire valoir leur droit au logement et entreprendre des travaux. Dans l'usine, aux deux premiers étages, ils installèrent leurs ateliers et une vaste galerie où se déroulèrent des expositions qui ne passèrent pas inaperçu.

Nous nous glissâmes dans la file d'attente, Lilith – qui s'était teint les cheveux en vert pomme –, Jeff – qui repartait pour Nantes le lendemain –, et moi ; tous munis d'une invitation nominative.

Jeff se taisait. Il tenait fermement sa bouteille de whisky en écoutant du rock à très fort volume dans son casque. Il avait encore grossi, ce qui le faisait de plus en plus ressembler à un bouledogue.

Qu'on ne puisse pas entrer dans un squat comme dans un moulin m'interloqua un peu. Liste des noms en main, une fille couverte de piercings vérifiait les invitations. Lilith, qui exposait ses œuvres ce soir-là, ne voyait pas dans ces mesures « coercitives » une précaution inutile.

Au-dessus de la grande porte battante triomphaient, gravés sur une plaque de métal, ces mots bien de notre époque : « Ici sont exclus les propos sexistes, machistes, homophobes, misogynes, transphobes, mégenrants, racistes, xénophobes, gigantesque-remplacistes, islamophobes, arabophobes, négrophobes, âgistes, validistes, capitalistes, colonialistes, nationalistes, spécistes, faisant montre de complaisance avec l'une ou l'autre de ces catégories de haine, ou tout propos leur ressemblant, et tout ce qui relève de près ou de loin du fascisme. »

Voilà bien un message radical ! Mais une catégorie de haine ne brillait-elle pas par son absence ?

Reconnaissant Lilith, l'ouvreuse s'écarta comme un sphinx pour nous laisser passer.

On a débarqué dans l'ancienne usine de nougats dont avaient été laissés quelques vestiges du travail ouvrier, comme un four central. C'était là qu'ils créaient et exposaient. Grand comme un gymnase, l'espace était à moitié plein. Lilith repéra une blonde platine avec un corps aussi sensuel que sa bouche pourvue d'un grain de beauté ravageur. Elle était adossée contre le four, dans lequel trois filles et un jeune garçon roux et maigre réalisaient un exercice de contorsionnisme. Elles se sont serrées dans les bras l'une de l'autre longuement. Lilith l'admirait beaucoup, elle aussi. Elle s'appelait Stella, était californienne. Elle me serra la main, affichant un sourire un peu hypocrite mais non dépourvu de chaleur. Elle dépassait Lilith d'une bonne tête et avait un fort accent américain :

– Oh, c'est donc toi, le nouveau copain de Lilith ! dit-elle. Je suis enchantée. Elle m'a beaucoup parlé de toi.

Quelques secondes plus tard, une autre amie de Lilith se joignit à nous, précédée par un énorme beauceron qui avançait d'un pas puissant. Louise était en couple avec Stella. Elle avait une moustache de duvet et son survêtement noir en velours était recouvert de poils de chien. Au moment où Stella et Louise se sont embrassées,

Jeff s'est mis à se tripoter la bite à travers la poche de son jean. Louise me dévisageait.

Les taxidermies de Lilith étaient exposées au rez-de-chaussée. Devant cette funeste galerie, il y avait foule, bien que cela choquât, tous ces cadavres. Un écriteau pouvait désamorcer certaines suspicions : « Ces animaux sont morts d'une mort naturelle. L'artiste elle-même est végétarienne. Elle aurait pu faire la même chose avec des cadavres humains si cela était autorisé. » Il y en avait une vingtaine. Devant une loutre dressée sur ses pattes arrière et montrant les dents, le beauceron grogna. Un regard de Louise suffit à le faire taire.

Un autre élément expliquait la tolérance de cette foule pour ce qui serait normalement passé pour une abomination et aurait entraîné un scandale immédiat : certaines de ces œuvres exprimaient des genres sortant de la norme, m'avait-elle expliqué. Maquillé comme une vieille pute, un ours mâle se tenait debout. Lilith lui avait greffé un godemichet en cristal qui soulevait par-devant son tutu rose. À sa droite, une chèvre aux mamelles gonflées et aux sabots bleu Klein. Sa tête était celle d'un vieux bouc vicieux. D'autres chimères évoquaient un univers plus cauchemardesque ; comme ce chaton cornu qui portait une queue de saumon et des ailes de colombe. À mes yeux, la chimère la plus réussie était ce porcelet aux canines vampiriques et au corps de rapace. Les créatures de Lilith semblaient toutes si vivantes.

Elle discutait à présent avec le contorsionniste du four central, le frêle et jeune rouquin. Jeff commentait une grande photo de Stella. Je pris Lilith par la main.

Elle se raidit, m'embrassa sèchement sur le coin de la bouche. Et finit par nous présenter. Il s'appelait Clément. Il avait un air blasé, une grande bouche qui ne souriait pas, un style un peu new wave. C'était un grand enfant asthmatique et lubrique à la fois.

La photo dont il parlait était celle d'un type nu, à terre, pris dans des barbelés, couvert de boue et de sang, à l'expression mêlant souffrance et désir. Je questionnai Clément sur l'œuvre de son amie photographe. D'un ton méprisant, il m'expliqua qu'il s'agissait d'une représentation du « conditionnement du désir par la société de consommation ».

Il regardait le carnet que j'avais dans les mains. En apprenant le but de ma venue, et le nom du canard pour lequel je travaillais, il se détendit quelque peu. Il avait l'air d'avoir les journalistes plutôt à la bonne. Lilith m'expliqua qu'il était comme son petit frère, tandis que son visage imberbe se déformait dans un sourire chevalin qui découvrait ses gencives.

Il venait d'intégrer Sciences-po à dix-sept ans et avait réalisé son premier moyen-métrage sur la vie d'un SDF. Il me fallait de toute évidence son témoignage. L'idée lui plut. Il m'expliqua ce qui le rattachait au squat. Sa grande sœur, Mélissandre, était une Phal de premier ordre. Il fut bien sûr révolté quand je lui parlai de la destruction du Phalanst'art. De mémoire, il me cita le travail d'une éminente sociologue des squats, ainsi que quelques dispositions du droit au logement. Il rêvait de faire revivre les phalanstères comme ils étaient au temps de Charles Fourier. Moi, je le voyais plutôt directeur de théâtre.

Au bout d'un moment, je les laissai là et m'en allai voir Jeff, en grande conversation avec Stella et Louise, laquelle l'écoutait, ou plutôt analysait, le moindre de ses mouvements.

– Elle mérite d'être exposée à New York, s'exclama-t-il en parlant de Stella, crédule. Vise cette liberté d'esprit !

Il remarqua un tirage d'un mètre sur un mètre cinquante environ, où trois filles nues, côte à côte, faisaient la planche dans une piscine couverte, à peine éclairées par deux faisceaux de lumière rouge qui se croisaient. Malgré l'apparente immobilité de ces filles, l'eau semblait en mouvement.

Plein de sous-entendus, Jeff m'invita à regarder l'image d'un peu plus près. L'un des modèles n'était autre que Lilith.

Mes yeux s'enfuirent vers Louise. Un ignoble rat tout noir sortit du col de son survêtement zippé. Elle le prit, l'embrassa sur la bouche et, voyant ma mine dégoûtée, s'approcha de moi.

– Tu devrais essayer, dit-elle. Ça apaise de caresser un rat.

– Sans façons.

La sale petite bestiole couina, pointant son museau dans ma direction.

– C'est bien dommage, car le rat est un compagnon fidèle. Contrairement à l'homme. Et à la femme, fit-elle avec un air entendu.

– Chérie, comment peux-tu dire une chose pareille ? s'exclama Stella.

26

Au premier étage, il y avait des stands où la bouffe et la picole coûtaient quasiment rien. J'optai pour le gratin aux courgettes et un gobelet de gros rouge qui tache. Un DJ passait de la musique étrange, déroutante, une superposition de fonds sonores domestiques et urbains, un gong, deux cloches, et un ou deux instruments acoustiques, un *beat* presque cardiaque. Il avait le physique de sa musique ; conséquence, pensai-je, de prises d'acides trop rapprochées. Avec sa tonsure savamment travaillée sur le dessus du crâne, il cultivait sa couronne de cheveux, ringard et *hype* à la fois. Une vingtaine de personnes se balançaient devant ses platines sur un rythme lent, comme plongées dans du goémon que bercerait la marée. Je bus d'une traite les trois quarts de mon verre. C'était âpre et le gratin de courgettes était dégueulasse.

– T'as du feu ?

Le gars qui venait de m'aborder, un peu rond, portait une casquette, une barbe rousse d'un mois, des lunettes rectangulaires rafistolées au Scotch derrière lesquelles brillaient deux petits yeux ironiques et intelligents qui m'invitèrent à médire avec lui. Il était étudiant aux Beaux-Arts de Metz.

Je lui filai du feu et lui exposai la raison de ma présence. Il n'aimait pas trop les journalistes, pourtant le courant est assez vite passé. Virgile, qu'il s'appelait. Il terminait ses études aux Beaux-Arts de Metz. Quelques-unes de ses toiles étaient exposées au Phalanst'art.

– C'est qui ? lui demandai-je en désignant le DJ.

– C'est Grégoire, il est très connu.

– Cette tonsure, c'est censé faciliter sa connexion avec le cosmos ?

– Quelque chose comme ça…

Les treize vanités qu'exposait Virgile n'intéressaient personne. Certaines rappelaient pourtant des peintures à l'huile de la Renaissance. Au milieu d'instruments ou servant de porte-bougies, ces crânes étaient sublimes.

Virgile me raconta un peu sa vie. Ce qu'il devait produire aux Beaux-Arts le frustrait : désapprendre la technique, disait-il, adopter une démarche engagée. La journée, il s'efforçait de montrer patte blanche et retournait, le soir, à son travail de cœur. Très pauvre, il manquait souvent des matériaux de base pour sa création.

Il y a un an, une Phal qu'il connaissait un peu lui avait parlé de le prévenir quand une place de résident se libérerait. C'était peu avant que l'évacuation du squat ne soit précipitée par un avis d'expulsion – affirmant que le bâtiment menaçait de s'effondrer, ce qui était faux. La chambre ne lui revint pas, mais la fille lui avait obtenu cet espace pour exposer ce soir.

Nous montâmes au deuxième étage, aménagé en quatre ateliers collectifs.

Mon compagnon d'un soir me désigna, entre deux tables prévues pour une dizaine de personnes, une vulve géante en caoutchouc, rose et blanche, aux lèvres souples. Deux mètres de hauteur, un mètre cinquante de largeur.

Poilue au-dessus du clitoris, lui-même représenté par le visage articulé d'un satyre endormi.

– C'est drôle, cette tête de diable à la place du clitoris ! dis-je à Virgile.

– C'est atroce, mais c'est intéressant.

– Comment s'appelle l'artiste ?

– Annette Kapish. Et sa merde d'œuvre que tu vois là, c'est *La Chatte du consentement.*

Des gens faisaient la queue devant. Annette Kapish était assise sur une chaise haute à côté de *La Chatte du consentement* : des lunettes roses, un piercing au septum, une mono-*dread* qui lui mangeait toute la calotte crânienne. Elle semblait retenir sa respiration. Le son d'une trompette retentit. Elle alla se poster derrière l'auguste vulve.

– Bonjour, dit le clitoris, sa grande bouche désormais animée. Au cas où vous ne le sauriez pas, je suis pansexuel. J'aime et je désire sans considération quant au genre de mes partenaires. Je n'exige qu'une chose : demandez-moi toujours avant la permission.

Un jeune homme s'avança et demanda au clitoris dont les yeux ouverts roulaient follement :

– Bonjour, Chatte du consentement. Puis-je te pénétrer ?

– Ce soir, beaucoup d'hommes m'ont pénétrée…

– Mais… qui vous dit que je suis un homme ? s'indigna le jeune homme.

– C'est vrai. De toute façon, je ne considère ni le genre ni le sexe de mes partenaires. Très bien, tu peux y aller.

À l'aise comme s'il avait toujours fait ça, Alexandre passa sa tête entre les lèvres et pénétra dans l'orifice. La petite tête émit un gémissement strident, la bouche entrouverte, les yeux révulsés. Et retrouva son expression habituelle de satyre aux yeux qui roulent. D'autres imitèrent le jeune homme, comme un flamboyant transsexuel latino qui ressemblait à Divine, le drag queen qui avait inspiré le personnage d'Ursula dans *La Petite Sirène*, tout en débordement et en peinture. Lilith arriva avec Jeff et Clément.

– Où étais-tu passé ? On te cherchait depuis une heure, avec Jeff. Quel personnage, je n'avais pas remarqué à quel point quand on était à Saint-Jacques-de-Santec ! Tous mes potes l'adorent, dit-elle, en m'attrapant le bout des doigts. (Elle avisa mon nouvel ami :) Qui est ce garçon qui a l'air tout à fait sympathique ?

Virgile marmonna un bonsoir, pas très à l'aise. Jeff était comme un gosse devant *La Chatte du consentement*. Il frétillait.

– Moi aussi je veux ! implora-t-il.

– Non, j'en ai assez, dit le satyre. Je ne veux plus, je suis à plat.

– Allez, steuplaît !

– Non, c'est non.

– Allez !

– J'ai dit non ! vociféra le satyre.

Quelques personnes attablées autour se tournèrent vers Jeff ; un silence lourd se fit.

– *Mea culpa*, dit Jeff. J'ai voulu voir jusqu'où allait la performance. Bravo ! Quelle audace, quel courage !

C'est typiquement avec ce genre de chose qu'on rend la société plus respirable !

Il applaudit ; la trompette retentit une nouvelle fois. Annette Kapish sortit de derrière sa sculpture et retourna jouer au mime sur sa chaise haute après avoir remis sa mono-*dread* dans le bon sens, ignorant Jeff.

– Qu'est-ce qui te prend ? me demanda Lilith. T'es ailleurs. Tu t'ennuies ?

– Non, au contraire. Je ne sais plus où donner de la tête. Il se passe ce soir… des choses incroyables. Je dois rester attentif, et tout noter.

Il me semblait qu'elle m'avait parlé de la sœur de Clément, laquelle devait nous rejoindre. Mais je ne pouvais détourner mon attention du visage obscène qui surmontait la chatte géante. Quelque chose me gratta le cou : la tignasse de Clément. Il frottait contre moi sa tête rousse inclinée.

– Tu cherches quelque chose ?

– Il me l'a fait à moi aussi, tout à l'heure, dit Virgile, comme si Clément n'était pas là.

Mélissandre avait adopté sa tenue la plus simple. Les regards qui se posaient sur elle étaient animés par une curiosité propre à celle qu'on a pour une œuvre d'art, comme s'ils admiraient une statue. Sa peau était d'un blanc et d'une finesse tels qu'on voyait ses veines, ses cheveux, épais, étaient d'un roux plus sombre que ceux de son petit frère. En passant, elle laissait traîner ses mains sur les tables, les chaises, les gens, comme s'ils lui appartenaient un peu. Le monde entier semblait constituer une maison.

Jeff avait disparu. *La Chatte du consentement* avait repris du service. Cette fois, une grande fille aux nattes rouges vint à elle :

– Chatte du consentement, lui demanda-t-elle d'une voix timide, j'ai besoin de prendre mon temps. Avant de te pénétrer, j'aimerais qu'on fasse connaissance.

– C'est la chose la plus mignonne que l'on m'ait dite ce soir, dit le satyre. Comment t'appelles-tu ?

– Marie.

– Marie, comme la Vierge…, dit-il tout bas, de sa voix de femme.

– Et toi, pourquoi t'appelle-t-on « Chatte du consentement » ? lui demanda Marie.

– Parce qu'elle est une ode au droit de dire non ! s'exclama Clément.

– Est-ce pour cela ? insista Marie.

– Pourquoi ? se braqua le satyre. Hein, mais parce que c'est mon nom ! Tais-toi, et rentre ! vociféra la chatte lunatique.

– Quelle belle leçon de consentement…, fis-je remarquer à Virgile, qui dormait debout.

Clément, par une approche capillaire plus frontale, vint m'extirper de cette observation pour le moins déroutante.

– Tu cherches quelque chose ? lui redemandai-je en le repoussant.

Il me regarda, puis partit.

Plus loin, un type gardait une porte ; il n'était pas très costaud pour cette tâche. Bombant le torse en nous voyant arriver, il nous barra le passage.

– C'est la consigne, dit-il en regardant au-dessus de nous, tout en mâchant un chewing-gum.

Virgile avait entendu dire qu'un rassemblement de femmes racisées aurait lieu ce soir. De telles réunions s'étaient déjà produites au Phalanst'art ; elles étaient interdites aux hommes et aux personnes qui n'avaient pas la bonne couleur de peau.

27

Virgile pliait bagage, empilait le reste des toiles sur un diable ; il enregistra mon numéro, sans que nous projetions de nous revoir.

Où était l'empailleuse ? Je tombai sur sa messagerie. Elle ne pouvait pas avoir filé à l'anglaise en laissant là ses invendus, dont l'ours transgenre.

Grégoire descendit au rez-de-chaussée. On le regardait comme une vache sacrée. Sans désinvolture, il ignorait les regards, progressant dans un monde parallèle. Sa démarche faisait penser à celle d'un caméléon. Il chassait une proie sonore à l'aide d'un dictaphone. Soudain, son attention se porta sur le four, dans lequel un groupe de contorsionnistes s'était de nouveau formé. Il s'en approcha, mit en marche son micro, et ferma délicatement la porte en acier qui grinça. Je m'approchai à mon tour de ces corps emmêlés auxquels Clément s'était joint.

Le beauceron de Louise trottait droit vers l'escalier. Convaincu qu'il me conduirait à sa maîtresse, donc à Lilith, je l'y suivis. Assis devant la porte du sixième étage, il remuait la queue, jappait, se tortillait dans tous les sens. Derrière la porte, un couloir donnait sur des appartements. Le chien courut tout au fond, aboya ; au bout d'une ou deux secondes, une porte s'ouvrit et claqua dans un bruit sec. Que faire ? Mes pas m'ont conduit vers cette porte que je maudissais d'avance ; j'ai collé l'oreille contre elle. Je reconnus son rire, puis la voix un peu rauque de Mélissandre, et l'accent de Stella. Il y avait là de l'érotisme. Le chien vint grogner à la porte ; je pris mes jambes à mon cou. Je l'ai imaginée se faisant limer par la femme au rat. Ce qui advint un peu plus tard près de la sacrosainte chatte chassa cette pensée.

Debout sur une table, Jeff s'adressait à une petite foule qui devait attendre le premier métro.

– … Je dois me libérer d'un secret, dit-il. Voilà… Avant, j'étais conservateur. Comment je m'en suis guéri ? « La psychanalyse », j'entends ? (En vérité personne n'avait rien dit.) C'est pour les taf… les taciturnes qui ont besoin de parler. Ça a été un déclic.

Jeff défit sa ceinture, déballa son énorme braquemard, et commença par asperger la gueule d'une fille, qui tomba à la renverse. Ma parole, c'était déjà un vrai geyser, une lance d'incendie ! Les gens détalaient, trempés, sans demander leur reste. Il tournait sur lui-même, comme un arrosage automatique, n'épargnant personne ; pour finir, il mit le paquet sur *La Chatte du consentement*. Les derniers jets de pisse tambourinèrent sur le carton.

Sa prestation terminée, Jeff sauta par terre dans un bruit sourd, manquant se vautrer dans sa flaque de pisse ambrée. C'était la panique totale. Jeff s'approchait dangereusement de la sacrosainte chatte. Un groupe se forma autour de lui pour l'arrêter ; dont le vigile pas bien costaud de la réunion de femmes racisées. Ce dernier lui balança une chaise que Jeff dévia d'un geste de la main. Soudain, dégainant de sa veste un flingue, son index rentrant tout juste dans l'ouverture de la détente, il se mit à hurler :

– Le premier qui bouge, je le bute !

J'appréciais de moins en moins cette petite plaisanterie. Les flics pouvaient rappliquer d'une seconde à l'autre. La ruche s'était figée, soudain devenue muette.

– Le prochain qui moufte, je lui fais sauter la cervelle ! Voilà, maintenant, observez !

S'emparant de l'auguste vulve en carton, il la tendit comme un arc, deux croissants qu'il tenait à bout de bras ; on entendit un grand *crac*.

– Le consentement, faut le partager à deux. Sinon, ce n'est pas le consentement, dit-il en balançant les morceaux en l'air, tout en visant avec son flingue.

Au moment où il appuya sur la détente, une petite musique ironique emplit la pièce. Un jouet ! Jeff disparut en quelques enjambées. J'attendis une minute avant de me mêler à la cohue.

Dehors, il faisait jour. Un corbeau croassait sur le terrain vague. La sirène des flics se rapprochait. L'affaire ne fut pas prise au sérieux.

28

J'édulcorai l'article, me focalisant sur la détresse des Phals, livrai une interview de Mélissandre en tant que représentante, une citation de Clément. Je me suis bien gardé de railler la chatte géante et encore plus de raconter l'attentat à la pisse, ce qui était une faute professionnelle. Deux médias indépendants l'ont fait. On s'interrogeait : « Agression scato au Phalanst'art : l'œuvre d'un terroriste ou d'un performer ? » Le nom de Jeff ne fut pas mentionné.

J'ai envoyé l'article au chef, qui se contenta d'en accuser réception ; je ne l'ai pas croisé des deux jours qui suivirent. Pourtant, Bernard m'avait cherché, me dit Corinne dans l'ascenseur. Bizarre.

J'ouvris le journal. En couverture, on apprenait que Marc-Aurèle La France se lançait en politique. Son projet était, pour rappel, celui d'un gouvernement de gauche l'été, et de droite l'hiver, la mi-saison servant de phase transitoire. Il lança un mouvement, et écrivit dans la foulée un manifeste sur l'alternance politique semestrielle. La pétition séduisit pas loin de 50 000 signataires. Dans une émission à grande audience, il réclama que le texte soit examiné au Parlement. Le président de l'Assemblée nationale, le mercredi matin suivant, évoqua une farce qu'il fallait comprendre comme un avertissement. Pour ceux qui retourneraient trop souvent leur veste, déclara-t-il, dévisageant l'assemblée, secoué d'un petit rire nerveux. La doctrine de MALF intéressait l'opinion.

Le coursier débarqua, s'avança vers moi en claudiquant. Dans la grande enveloppe qu'il me remit, il y avait une fiche de paie et une lettre interne de la direction, doublée d'un mail qui arriva au même moment :

« Cher Monsieur,

Votre période d'essai arrive à son terme ; nous ne nous trouvons malheureusement pas en mesure de la valider. Le journal traverse des difficultés financières, dans un contexte global de crise de la presse ; c'est pourquoi créer un poste définitif n'est pas envisageable à ce jour. Mais soyez certain que, si une nouvelle opportunité se profilait, vous en seriez informé. Dans cette attente, vous recevrez une indemnité correspondant à un mois de travail, basée sur vos émoluments du mois précédent.

Nous vous remercions pour votre travail au sein de l'équipe.

Cordialement,

La direction »

Je restai sans réaction. Dans ma tête : un trou noir. Machinalement, je me levai et enfilai ma veste. Je débarrassai le bureau, regroupai dans mon sac mes affaires, c'est-à-dire pas grand-chose. J'éteignais l'ordinateur quand William s'arrêta d'écrire, recula dans son fauteuil à roulettes, avant de pivoter pour me faire face. Nous étions seuls dans l'open-space.

– T'as une idée pour la conf de mercredi ?

– Je suis viré.

Il se leva, essuya ses mains moites sur son pantalon et se gratta le crâne, comme s'il cherchait à cet endroit la formule adéquate.

– Vraiment ?

– Oui.

– En plus, t'es resté moins de trois mois, t'as même pas droit au chômage.

Je récupérai au rez-de-chaussée mes tickets-restaurant et partis pour de bon, ne prenant pas encore bien la mesure de ce qui m'arrivait.

Il faisait beau pour un mois de mars. Mes pas me menèrent au Jardin des Plantes. Sur les pelouses longeant la serre des forêts tropicales, je m'assis contre un arbre et entrepris de faire une sieste. Sans succès. Aveuglé par le soleil, j'ouvris les yeux sur un lascar en survêtement blanc qui venait à ma rencontre.

– T'as une clope ? dit-il.

– J'ai que du tabac à rouler.

– Il t'faut quelque chose ?

– Comment ça ?

– Shit, coke, Illu.

– Illu ?… Illuminatine ?

– T'as tout compris. C'est 10 les trois. T'en veux ?

– Non, je veux du shit. Ça se vend comme ça, l'Illuminatine ?

– Hein ? Vas-y, viens pas m'embrouiller, toi ! dit le *wesh* d'une voix qui allait des aigus aux graves.

– Non, mais ça m'intéresse. Beaucoup.

– Ouais, j'me fais des couilles en or, j'suis Tony Montana.

– Et comment t'en es venu à vendre de l'Illuminatine ?

– Pourquoi, t'es des h'nouch ?

Il partit ; le téléphone sonna, c'était Lilith. J'attendis la dernière sonnerie, craignant ce qu'elle avait probablement à me dire.

– Je crois que tu me dois des explications. Jeff…

– Oui. Je suis désolé.

– Tu aurais pu me prévenir que c'était un fucking genious !

– J'ai peur de ne pas bien comprendre.

– On m'a tout raconté, je suis sur le cul ! Personne n'avait pensé à sortir son membre masculin cisgenre et à pisser sur tout le monde pour dénoncer la volonté de puissance du patriarcat ! Et puis, le coup de *La Chatte du consentement*, c'est du Marcel Duchamp pur jus.

– Heu, ouais, ok.

– Sa performance, enfin, tu étais là, non ? Elle a énormément plu ! T'étais pas au courant ?

– Non. Ravi qu'elle ait plu, je lui transmettrai le mot. Lilith, je suis viré.

– Mais c'est formidable ! dit-elle le plus spontanément du monde. Demain soir, t'es libre ? Qu'on arrose ça.

Je repensais à ce qu'elle avait pu faire l'autre soir, dans cette chambre, avec ces gens. Mais je m'abstins de le lui dire.

– J'ai hâte ! dit-elle.

Corinne m'appela à son tour ; j'étais trop en *bad* pour lui parler. Elle laissa un message sur mon répondeur de sa voix rauque :

– Salut. Écoute, on va se battre, c'est inadmissible. Quelle violence sociale, je suis folle de colère ! Rappelle-moi.

J'ai éteint mon téléphone, la moitié d'une bouteille de whisky y passa dans la journée.

29

Au fond de l'allée, j'escaladai le grillage et la haie, comme d'habitude, plutôt que d'emprunter la porte. Pierre n'avait pas dû rester très seul ces derniers temps. À l'endroit où j'atterris dans son jardinet, sur le cul, il y avait un trou dans la pelouse presque printanière. Pierre et ses invités me regardèrent amusés, assis autour de la table en fer forgé, encore tout agités par la conversation qu'ils venaient d'interrompre. Pierre était avec trois amis : Gonzague, dont l'increvable Volvache était garée dans l'allée, et des jumeaux que je ne connaissais pas encore, Christophe et Joseph. Sveltes et grands, des gueules qu'on ne voit normalement plus qu'en noir et blanc ; ils avaient du sang bleu. Pierre me fit une accolade. Il empestait l'alcool.

– Alors, mon vieux ?

– Je suis viré.

– Vraiment ?

Puis, s'adressant à ses potes :

– Il était correcteur dans un journal.

Je haussai les épaules.

– Un journaliste en moins, qu'on arrose ça ! tonitrua le bourru Gonzague.

Ses yeux étaient encore plus rouges, jaunes et exorbités que la dernière fois. Son nez avait bleui. On aurait cru voir apparaître son foie au bord de ses lèvres. Il tirait sur un bang en verre, usé et crade. Ça sentait la *skunk* bien chimique. Les jumeaux reprirent leur conversation à propos de l'assassinat de John Fitzgerald Kennedy. Ils n'étaient pas d'accord. Joseph soutenait que c'était un coup de la CIA. Christophe, qu'Oswald avait été hypnotisé par le Mossad avant d'appuyer sur la détente. Le peintre, toussotant, suggéra de changer de sujet, car JFK était une merde lubrique, et que, de toute façon, il était bien refroidi et bouffé par les vers depuis longtemps. Les deux frangins haussèrent le ton. J'aurais mis ma main à couper qu'ils carburaient à l'Illuminatine. Au moins, ces deux grandes perches partageaient-elles l'avis qu'il avait bien été assassiné, qu'il n'avait pas fait le même coup qu'Adolf Hitler, Michael Jackson et Tupac

Shakur, selon la croyance un temps à la mode voulant qu'ils seraient restés vivants, et qu'ils étaient planqués sur une île déserte.

Pierre me servit du rosé, tandis qu'il tenait dans l'autre main une éponge, au cas où. Il portait un mini-aspirateur accroché à sa taille, comme un flingue prêt à être dégainé.

– Ils me l'ont annoncé ce matin par courrier interne, repris-je, aussi froid que la lettre l'était.

Pierre la lut. Lorsqu'il eut fini, il explosa de rire. Un peu dépité, je bus le verre cul sec avant de le cogner contre la table pour qu'il me resserve.

– Attends, mon vieux, dit-il en s'exécutant. Ça t'étonne vraiment qu'ils t'aient jeté comme une merde ? Un journaliste qui ne tapine pas est un journaliste mort.

– Eh bien, poursuivit-il, sois heureux pour ton trou du cul ! Et eux, ils feront des économies de vaseline.

– Les putes, ça manque pas, surenchérit Gonzague. Mais toi, j'peux t'dire que t'en es pas une !

Il se servit un grand verre de whisky.

– Ça n'a plus d'importance, pute, correcteur, journaliste, ou tout ce que vous voulez, rétorquai-je. À vrai dire, je ne sais pas quoi en penser. Ils m'ont dit le truc, enfin, je me comprends, et puis voilà, je suis parti.

Joseph et Christophe trouvèrent enfin un terrain d'entente : Mossad et CIA étaient les deux faces d'une même pièce. J'aurais pu la voir venir, celle-là ! Ils se tournèrent vers moi et m'écoutèrent, avec un zèle s'accroissant, parler de mon débauchage. Ça me faisait un peu chier de m'éterniser là-dessus, mais ils voulurent entendre le récit de ce qui m'était arrivé ce jour-là avant que j'apprenne la nouvelle ; leur insistance était suspecte. Christophe, le plus zélé, me demandait de répéter ou d'approfondir des « points de détail », que Joseph répétait à mi-voix, comme s'il devait les retenir. Pourquoi étais-je arrivé en avance ce matin-là ? Bien que cette conversation m'ennuyât, je m'efforçai de répondre à leurs questions avec précision. Joseph conclut que je ne correspondais pas tout à fait aux canons de l'intelligentsia mondialiste. Voyant bien où il voulait en venir, je ne pipai mot.

– Tu n'as peut être pas assez prêté allégeance à nos chers grands maîtres…, grinça son besson.

Ne me voyant toujours pas réagir, l'autre en remit une couche :

– La communauté organisatrice. L'État profond. L'Empire !…

C'est toujours la même chose, pensai-je. Comme si ces gens-là avaient un entonnoir sur la tête. Quel que soit le point de départ, c'est ça qui les intéresse, et ils y vont à coup sûr. J'avais noté dans mon téléphone cet aphorisme, destiné à rejoindre mes notes préparatoires pour mon roman qui n'avait toujours pas de titre.

– Quelle vision du monde ! finis-je par répondre. C'est la vôtre, pas la mienne.

Pierre était allé mettre un disque, l'album *Meddle* de Pink Floyd. « One of These Days » rendit l'atmosphère encore un peu plus tendue. Je me servis un autre verre.

– Le prends pas mal, fit Pierre. Mes potes sont timbrés. Hein, Joe ?

– L'humour, c'est ce qui nous fait tenir, dit celui-ci.

Si l'on ne peut plus rire du diable, c'est lui qui nous tire par la queue !

– Et c'est une situation qu'il serait préférable d'éviter, ajouta son frère.

Comme pour illustrer leurs paroles, secoués d'un rire muet, ils se mirent à faire des mouvements étranges, qui avaient l'air d'un rituel, d'un geste de ralliement d'une sinistre ironie. Joseph esquissa comme le commencement d'un salut nazi, passa sa main derrière la tête, en fit le tour jusqu'à atteindre son lobe d'oreille, et s'écria :

– Roooooolllll-mops d'Allemaaaaagne !... Rollmops de 360 !

De retour, Pierre se mit à rire avec retenue ; alors Joseph désigna le sol, en émettant un sifflement, puis, haussant le ton, il lança, ce qui déclencha une belle cascade de rires :

– Au-dessous, le soleil brûle.

– Ô Dieu cosmopolite, notre ami n'a-t-il pas montré suffisamment de zèle ? fit Joseph, un sourire de miel amer.

– Aux Talmudo-sio...

Il s'arrêta, mais la ligne était franchie.

– Ce que tu insinues là est bête et faux, rétorquai-je, m'efforçant de rester calme. Je vais te le prouver. Ni mon chef ni aucun membre de la direction ni même l'actionnaire totalitaire ne sont juifs. Et moi, modeste travailleur intellectuel au nom séfarade, je suis viré. Vous appelez ça un complot sioniste !

Joseph fit mine de ne pas entendre.

– En dessous, c'est le soleil ! répéta-t-il plus fort.

– C'est bon, arrêtez, me défendit Pierre. Lâchez-lui la grappe. Vous voyez pas qu'il est fatigué ?

– Mon frère s'appelle Joseph, s'indigna l'autre. Un prénom israélite, au cas où ça t'aurait échappé. Nous avons par ailleurs des ancêtres israélites, convertis. Leur sang nous a été transmis par une lignée de femmes. On est donc israélites, conclut-il en se signant.

– Nous ne sommes pas antisémites, dit Joseph. D'ailleurs, ce mot ne veut rien dire.

Ils m'avaient coupé la chique.

– Mais nous nous opposons au sionisme, ce cancer, assura Christophe avec un aplomb déconcertant. Nous avons de bonnes raisons de penser que ce qui t'arrive est en lien avec le sionisme. D'une façon ou d'une autre.

– L'humanité souffre de cette idéologie, de ce chantage permanent qui divise les hommes.

Un peu plus tard, l'évocation par Christophe du *Protocole des sages de Sion* de 1901 fit tilter Pierre qui l'écouta religieusement. Mon ami avait une culture littéraire du complot qui plongeait ses racines dans le Moyen Âge. Ses maîtres étaient des classiques, non des gourous d'Internet. Pour lui, la conspiration de jadis était celle d'aujourd'hui, ou plutôt elle ne faisait que se poursuivre. Ce faux document, attribué aux membres d'une société secrète judéo-maçonne il y a plus de cent ans, en Russie, planifiant l'hégémonie du « royaume d'Israël » par un plan machiavélique de domination, décrivait, selon lui, notre société en de nombreux points ; faux ou pas faux. Nous avions eu cette discussion. Mondialisation, remplacement de la spiritualité par l'or, abrutissement des masses... Toutes ces choses qu'il appelait « sorcellerie » auraient été annoncées noir sur blanc dans le fameux *Protocole*. Quant aux conspirateurs, il ne les désignait qu'allusivement, s'en tenant, la plupart du temps, au diable collectif et à ses agents disséminés partout, jusque dans votre intimité. Peut-être fut-ce par égard pour moi qu'il ne les désigna pas nommément, ces conspirateurs. Pour Joseph et Christophe, en revanche, *Le Protocole des sages de Sion* n'avait rien d'un faux, bien qu'il fût rigoureusement démontré qu'il s'agissait du plagiat d'une satire visant la soif de conquête d'un empereur, bien réel quant à lui. Qu'une telle arnaque littéraire sévisse encore ne m'étonnait pas. Contredisez un « croyant » et – prestidigitation – il vous attribue sa propre irrationalité. Christophe en fournit une démonstration frappante :

– Nier une telle réalité, dit-il d'un ton catégorique, relève de la psychiatrie.

Rien à faire, il s'était érigé une forteresse d'autopersuasion. Bientôt, les jumeaux s'étaient tant oubliés dans leur entonnoir mental – celui dont on coiffe les fous ? – que Pierre parut embarrassé que j'en sois témoin, astiquant un coin de table comme pour se cacher un peu. Je ne lui en voulus pas. Je pensais au livre, car il en serait enrichi, m'efforçant de retenir ce qu'ils disaient, leurs expressions, tout. Puis j'ai actionné le dictaphone sur mon téléphone.

Le mot « contre-vérité » fut prononcé sur un ton badin. Christophe s'amusa d'une « escroquerie à la douche commune », effleurant l'idée selon laquelle des hommes

– qu'on peut imaginer l'œil retors, le teint cireux, aux griffes et aux canines acérées – avaient orchestré leurs plus sombres heures pour forcer la sympathie des « Gentils » et conduire ces derniers à l'oubli de leur civilisation. Joseph estima le nombre de douchés à six milliards. Hilare, il répéta le chiffre, au cas où l'on n'aurait pas compris l'exagération volontaire. Comment étaient-ils morts ? D'un rhume collectif. J'explosai.

– Je vais tous vous foutre dans un livre !

Hésitant entre rire et compassion, ils me dévisageaient comme s'ils venaient de découvrir que j'étais fou. Gonzague dessinait, imperturbable. Je me levai brusquement. Pierre m'imita. La main sur mon épaule, il me dit :

– Mon vieux, pars pas fâché…

Je m'arrêtai, attendant la suite.

– Nous n'avons rien voulu dire de mal, tenta Christophe.

– Crois-moi, on sait ce que c'est que d'être le bouc émissaire, assura Joseph. Si des gens sont à plaindre, c'est bien nous, les israélites !

Pierre s'était remis à écrire. Il voulut m'en parler, seul à seul, avant que je ne parte. Il flanqua gentiment les autres dehors et nous allâmes dans le salon, où il me montra le maigre tapuscrit de son prochain livre, rangé sous la Remington, dans la commode fermée à double tour. Ça n'était pas anodin pour lui qui ne parlait jamais de ses travaux avant d'y avoir posé le point final, par superstition plus que par conviction rationnelle que partager une idée, c'est déjà un peu l'épuiser et s'en déposséder. Il se justifia en m'expliquant qu'il ne s'agissait pas là seulement d'un livre. Nous nous assîmes ; il sépara la pile en deux avec autant de cérémonie que si ce fût une miche de pain devenue le corps du Christ. C'était bourré de ratures, de flèches entrecroisées, de panneaux de danger apposés dans la marge et de rectifications qui finissaient dans les coins en pattes de mouche. Il entendait démontrer rien moins que l'existence du diable. Son salut ne serait donc pas fictif : son écriture s'était mise au pas de son délire paranoïaque.

30

Là, j'ai su que, moi aussi, j'étais prêt.

Une dernière fois, j'ai ressorti un grand classeur où je gardais des coupures de presse, un numéro du *Contemplatoire* daté de 2020. Il titrait : « Illuminatine : L'opium des populismes – Enquête sur un fléau sanitaire et moral ».

Citée dans un article de bien cinq feuillets, une étude en ligne des associations Vigilance Radicalités et Non à la drogue révélait « des chiffres à faire froid dans le dos ». Sur un panel de 500 personnes âgées de 17 à 28 ans, 50 % déclaraient avoir déjà consommé de l'Illuminatine, et 25 % en consommaient régulièrement. Chez les 28-40 ans, 20 % l'avaient expérimentée, 5 % étaient des consommateurs réguliers. 40-50 ans : 17 %, et 11 %. 50-60 ans : 10 %, 3 %. Enfin, chez les plus de

60 ans : 4 %, 1 %. 80 % des consommateurs réguliers rejettent en bloc les élites.

« On le voit bien, disait l'article, la drogue de la paranoïa est un sujet de santé publique, pour la jeunesse surtout. Celle qui refuse d'accepter la complexité du monde, celle qui se jette à corps perdu dans les biais de confirmation et les "produits cognitifs" à coups de paradis artificiels. Place Beauvau, on s'inquiète de son effet sur l'opinion, d'après une source proche du ministre de l'Intérieur. Car, si l'opium endort les consciences, l'Illuminatine produit l'impression inverse, la sensation de jouir tout à coup d'une vigilance à laquelle aucune intrigue ne résiste. Dans une interview accordée au *Contemplatoire*, l'économiste Philippe Le Duc résumait bien la situation : "Nous vivons un Mai 68 au cours duquel la maladie du soupçon a remplacé l'esprit de révolte." (...) »

En bas de page, un encadré était consacré au narco-essayiste Jérôme Vasseur. Il était illustré par son sinistre visage imberbe, amer de naissance. Il se la jouait dictateur vénézuélien avec son regard belliqueux perdu dans les hauteurs et sa pose militaire, pathétique.

Avant de devenir celui dont le nom est associé à l'Illuminatine, il avait grandi dans la banlieue de Lyon dans une famille modeste, avait voulu être peintre. Il fallait reconnaître à ses livres une certaine virtuosité dans la dégueulasserie. Son premier était un concentré de misogynie, trait majeur de sa personnalité, qu'il assumait bien, tant comme son antisémitisme, psychiatrique. Il avait pu compter parmi ses grands amis le pionnier du négationnisme Gilbert Fauraison, mort il y a quelques années. « Ses ex décrivent un homme manipulateur narcissique, dépourvu d'empathie et violent, obsédé par les Juifs et le sexe. C'est dans un cercle de camés de haut vol qu'il rencontra le chimiste Alain Philactès, génie de l'invention de drogues de synthèse. Il inventera plus tard l'Illuminatine et sa composante principale, la Philactine, qui aurait le pouvoir de raviver la clairvoyance que l'*Homo sapiens* aurait perdue en formant société. Lorsqu'il essaya pour la première fois l'Illuminatine, encore à son stade d'essai, l'histoire raconte que Vasseur savait déjà que la poudre allait prendre et provoquerait un bouleversement irréversible dans la société. Il en avait acheté un premier kilo, qui s'écoula en un rien de temps. La légende raconte que, pour commencer, Jérôme Vasseur avait improvisé un laboratoire dans une grange à la campagne, où Philactès avait fait travailler des ouvriers pakistanais avant de délocaliser l'usine dans la banlieue d'Islāmābād. Celle-ci finit par être interdite et Vasseur fit un séjour au trou. Mais l'appétence de la population pour cette drogue fut si grande que, comme la rhinocérite de Ionesco échappant au créateur des rhinocéros, sa progression semblait “inarrêtable”. »

Quelques illuminatinomanes parvenaient déjà, non seulement à cet éveil premier, cette conviction féroce de voir la totalité de l'iceberg, mais plus loin encore, jusqu'à l'anéantissement de toute crédulité quant à l'ensemble des fondations fictionnelles sur lesquelles repose notre civilisation, nos lois, nos conventions, notre État, pour les remplacer par leurs propres narratifs parano-apocalyptiques, de moins en moins déchiffrables pour le non-averti, et même pour un psychiatre. Ces cas encore rares finissant invariablement à Sainte-Anne, « chevaliers à la triste figure ».

Après avoir rangé le dossier dans l'armoire, j'ai ouvert le traitement de texte sur une nouvelle page. Cette fois, c'était pour de bon. Oui, vraiment pour de bon. La première phrase jaillit sans peine : « Pierre avait des théories farfelues. »

Je ne me suis arrêté que le lendemain matin, vidé, comme après une séance de transe hypnotique. Je me suis relu. Ça semblait se tenir. Sans doute parce que je l'avais déjà plus ou moins écrit dans ma tête.

31

Lilith était en retard ; la daube de légumes aux boulettes de soja allait être prête. J'avais trouvé la recette sur un site de cuisine végétarienne après avoir hésité avec des falafels ; je voulais l'étonner. Ça ressemblait à de la ratatouille avec des kneidlers, ces insipides boulettes de pain azyme dont se repaissent les ashkénazes pendant la Pâque juive ; j'y ai mis pas mal de poivre afin d'en rehausser de goût. Pour arroser, j'avais acheté deux bouteilles de nuits-saint-georges premier cru. Sur la table trônait un bouquet de roses.

Elle m'envoya un SMS : « Appelle-moi. » Je tombai directement sur son répondeur.

Une heure s'écoula. Le téléphone de Lilith était toujours éteint. Trois fois sur répondeur. Elle me rappela juste au moment où je débouchais une bouteille de nuits-saint-georges.

– Enfin, tu réponds ! dit-elle. Je suis chez Louise, elle a fait un malaise. Et mon téléphone était en panne.

– Et les rires derrière, c'est quoi ? demandai-je.

– C'est… la radio, oui, la radio, un spectacle.

– Ça vient de s'arrêter.

– Oui, je l'ai éteinte, dit-elle, alors que j'entendais en bruit de fond des chuchotements…

– Et tu viens de la rallumer, remarquai-je.

– C'est un passant, la fenêtre est ouverte. Il faut que je m'occupe de Louise, elle se réveille. Je te rappelle ! ajouta-t-elle, avant de raccrocher.

J'ai descendu les deux bouteilles de vin. L'envie me prit de manger les roses. Une à une, je les ai mâchées lentement, consciencieusement, avant de les recracher par terre comme de la chique. C'était ça pour moi l'amour, et je m'écroulai ainsi comme une masse. S'en suivit une succession de montagnes russes, de ruminations anxieuses. La queue du diable personnel se dessinait dans la pénombre ; j'ai senti venir la fièvre du soupçon, je l'ai réprimée. Ne trouvant pas le sommeil, je suis sorti marcher. Il faisait bon, la lune était claire. Sur le pont d'Austerlitz, l'idée du suicide me traversa l'esprit.

32

Alors que j'écrivais, le téléphone a sonné : c'était l'Espace pour l'insertion. Je m'étais réinscrit quelques jours plus tôt au RSA. J'étais convoqué peu après, un après-midi, à une réunion d'information. On était une vingtaine assis autour de tables disposées en *U*. Les instructeurs nous ont parlé d'un accompagnement, comme d'une chance. Il fut question d'un Contrat d'engagement réciproque, lequel obligeait plus ou moins – la ligne était floue – à se plier à un programme d'insertion professionnelle déployé sous diverses formes, à commencer par un bilan de compétences.

La machine administrative infernale était lancée. Je reçus une convocation pour un premier bilan de compétences avec une assistante sociale dans un espace pour l'insertion qui se trouvait dans une rue en pente raide du XIIIe arrondissement. La lettre se terminait par cette déclaration laconique : « Toute absence injustifiée est passible d'une réévaluation des droits du bénéficiaire. Signé : Marlène Vacher. »

J'ai rencontré Marlène Vacher peu de temps après dans son bureau sur-éclairé qui empestait le sent-bon. Derrière cette dame antillaise bien en chair, sur un tableau en liège, était punaisé un poster avec cette citation de Martin Luther King : « Tout le monde peut être important, car tout le monde peut servir à quelque chose. »

Ses ongles sophistiqués martelaient son clavier d'ordinateur. En guise de sourcils, deux gros coups de crayon bleu se fronçaient. Mais ce que je remarquai d'abord, aimantant mon regard, fut cette verrue poilue posée au coin de sa bouche, comme Julien Gracq. Son collier dégringolant sur sa poitrine, énorme, était fait de rondins en bois multicolores.

Absorbé dans mes pensées, dans l'attente de je ne sais quoi, je m'aperçus qu'elle observait le frisotti que je roulais depuis un moment au-dessus de ma tempe. Elle m'imita pour me faire arrêter.

– Vous ne vous sentez pas bien ?

– J'attendais que vous ayez fini, dis-je.

– Avez-vous un CV à jour ? répondit-elle, agacée, réajustant son gros fessier sur sa chaise.

– Non.

– C'est écrit sur la convocation. Il faut lire.

– Ce n'est pas ça, mais…

– Vous empestez l'alcool. Avez-vous bu avant de venir ?

– Un peu.

– Hmm… Voulez-vous en parler ? Je veux dire, avec des gens qualifiés pour ça…

– Vous voulez dire les Alcooliques anonymes ? Non merci, sans façons.

Elle se traîna péniblement jusqu'à la fenêtre, l'ouvrit en grand, aspira deux bouffées de Ventoline. Me toisant en train de me friser encore les cheveux, elle me demanda si je les comptais.

– Vous m'avez l'air perdu. Il faut qu'on vous prenne

en main. Mais d'abord, vous devez signer un Contrat d'engagement réciproque.

– Le fameux CER... Que se passe-t-il si je ne signe pas ?

– Vos droits seront réévalués.

Je signai le document sans en avoir pris connaissance.

– Je sais ce qu'il vous faut, dit-elle, en désignant sur le tableau une feuille A3, dont elle me remit une copie.

IMPULSION CARRIÈRE
BOOSTEZ VOTRE INSERTION PROFESSIONNELLE
AVEC DE NOUVELLES DYNAMIQUES
PROFESSIONNALISANTES

Programme à intégrer au fil de l'eau, il s'adresse à tout demandeur d'emploi. L'association propose une prise en main personnalisée en vue de vous accompagner dans l'insertion professionnelle. Nos équipes mettent en œuvre des dispositifs adaptés aux besoins de tous.
Des travailleurs des ressources humaines issus de grandes entreprises privées conseillent dans un entretien hebdomadaire individuel adapté à chacun.
Dans un atelier collectif, chaque semaine, les participants suivent un programme encadré par un animateur et un travailleur des ressources humaines. Ils s'exercent à améliorer leurs tactiques d'approche professionnelle par des exercices de dynamique professionnalisante.

Croyant d'abord à une farce, je ne pus réprimer un fou rire.

– Je ne veux pas participer à ce programme.

Elle brandit le CER comme le Père Ubu son bâton-à-physique, objet chargé d'un mystérieux pouvoir :

– Jouez le jeu, et tout le monde en sortira gagnant.

– Sinon, vous me radiez ?

– Je vous propose un compromis. Vous y allez un mois, et vous revenez me voir.

– Ai-je le choix ? soufflai-je en détournant les yeux de ses protubérances.

Là-bas, c'était pire qu'en Absurdie. Il s'agissait de passer la moitié de mon lundi à gesticuler au milieu d'un gymnase, vers la porte de Clignancourt, en bordure d'une longue route glauque. Le centre d'animation « Dynamiques » était voisin d'un lieu d'entraînement de handisport. On pouvait y apercevoir quelques coureurs aux lames en fin de matinée, quand l'atelier prenait fin.

Au milieu de ce gymnase, on s'est mis en cercle autour de l'animateur, un ancien comédien, Yann. C'était un garçon toujours optimiste, nécessairement... Il distribuait des poignées de main énergiques, en nous regardant chacun longtemps dans les yeux.

Dès qu'un nouveau se pointait – c'est-à-dire presque à chaque fois – il fallait qu'il se présente au cercle, comme lors des réunions des Alcooliques anonymes ; ces présentations se faisaient de préférence dans le sens des aiguilles d'une montre. Cette fois-là, nous étions peu. Je me souviens de quelques-uns.

– Bonjour, je m'appelle Charlène. Je suis modèle vivante dans les écoles d'art. J'aime mon métier. Et j'aime venir ici, ça donne du sens à ma vie. Je repars pleine de bonnes ondes !

– Je m'appelle Fatoumata, je vis à Paris. Je cherche un travail de comptable.

– Karim. Je voudrais bosser dans la librairie, j'aime la BD, Black et Mortimer, Spirou, Tintin…

– Alexandra, vingt-six ans. Assistante en communication. Je ne sais pas trop ce que je fais ici, et, que dire ?… C'est la deuxième fois que je dois me présenter.

Adossé au miroir, Roger Barreau se contentait le plus souvent de nous observer sans rien dire. Cet ancien DRH, fondateur d'Impulsion Carrière, participait à tous les ateliers, toujours un peu en retrait. Il noircissait un carnet, je ne saurais dire de quoi. Une fois, alors qu'il attendait je ne sais quoi dans le hall, je lui ai demandé de quelle doctrine psy s'inspirait sa démarche. « C'est notre doctrine, répondit-il, laquelle comprend quelques notions de développement personnel adapté à l'entreprise. »

Le cours allait commencer.

Yann nous fit faire un « petit tour de PIM PAM POUM, pour se chauffer un peu ». Qu'est-ce que PIM PAM POUM ? A, B et C sont alignés dans le cercle. A désigne B d'un geste bien visible en criant « PIM » ; B adresse le même geste à C en criant « PAM ». Et « POUM » : C élit le prochain A, n'importe qui. Et ça recommence, jusqu'à trente fois, la cadence s'accélérant. PIM ! PAM ! POUM ! Un PIM confondu avec un PAM, ou un POUM, avait de quoi en faire marrer plus d'un.

Il y avait aussi le jeu de la balle imaginaire, consistant

à se faire passer dans le cercle, une, puis deux, puis trois balles invisibles en annonçant leur couleur.

Je dois dire que ce fut minant d'être l'objet de cette infantilisation, de ce chantage ubuesque, ce vol au-dessus d'un nid de coucou ! Si je voyais là une forme d'aliénation sociale, cependant, aucun ne partageait mon avis, excepté Alexandra. Un jour, elle refusa sans explication de jouer au « destrier aveugle » : il s'agissait de se laisser guider les yeux fermés au milieu d'obstacles par quelqu'un qui vous dirigeait par-derrière en pressant votre épaule droite ou votre épaule gauche. Yann n'en a pas fait une affaire, Roger en a pris note.

Étions-nous vraiment forcés de faire ça si on voulait continuer à toucher le RSA ? Mme Vacher n'avait pas été claire. Trois semaines plus tard, elle m'a convoqué pour faire le point. Je lui dis ce que je pensais de PIM PAM POUM : que c'était un désastre pour mon équilibre mental et que ça me flinguait ma semaine. Elle a agité de nouveau son bâton-à-physique et, cinq jours plus tard, m'a appelé pour une offre de travail dans un institut de sondage. J'étais tellement dépité que j'ai accepté de passer un entretien. Leur plan avait fonctionné.

TROISIÈME PARTIE

La tentation

33

Ce printemps 2024 fut fécond sur le plan de l'écriture, mais je faisais face à un sérieux cas de conscience. Le personnage de Pierre, le double, avait beau avoir des « théories farfelues », loin de moi l'idée de l'assassiner sur le papier. J'avais peur de blesser le vrai Pierre. Mon but n'était pas d'écrire un pamphlet contre le complotisme, mais il est difficile d'en contourner la dimension absurde et risible si l'on veut être réaliste. Pour ma défense, il avait lui-même transformé ses amis en personnages de roman, et pas qu'une fois, n'ayant pas ménagé Gonzague. Comme tout bon dissident, il s'était fait l'apôtre d'une liberté d'expression qui ne s'embarrasse d'aucune autocensure, alors il ne se formaliserait pas de se retrouver, comme on dit « couché », voire vautré, sur le papier et même, l'espérai-je, il se marrerait de son rire qui me faisait penser à l'ébrouement d'un cheval. C'était de bonne guerre. Oui, mais là, c'était tout de même autre chose : il apparaîtrait comme le personnage principal d'un livre sur cette mentalité délirante, dont la catégorisation par la société « bien-pensante » était selon lui chimérique, et dont l'étiquette discréditante pourrait entraîner la mort sociale de celui qui en était accusé. La vérité, c'est qu'il incarnait davantage qu'un cas d'espèce : il en était l'un des prophètes. Je ne me sentais aucune responsabilité vis-à-vis de Pierre, non plus que d'aucun autre modèle de personnage. En fait, si, un peu… Mais il fallait que j'écrive cette histoire, point. Sinon ça allait continuer de me pourrir les tripes.

Un matin, le diable personnel y entra.

J'en avais élaboré la matière première pendant mes phases de délire paranoïaque. Il y avait dans ces notes maladives des mots justes, des éclats de clarté, mais le plus gros était trop personnel, incommunicable. Certaines m'étaient totalement sorties de la tête. C'était une gigantesque déchetterie où se cachaient cependant quelques pépites, des fulgurances sur l'entité maléfique qui me poursuivait, sur ce système de persécution qui ne s'acharnait que sur moi. On aurait dit par endroits les écrits du névropathe Daniel Paul Schreber, le président Schreber de la cour d'appel, devenu fou. Ses déboires avec un dieu inférieur, et un dieu supérieur auquel il était, comme chacun l'était selon sa représentation du monde, rattaché via ses nerfs qui s'étendaient jusqu'à l'infini. Freud avait d'ailleurs fait un livre sur Schreber en se fondant, entre autres, sur celui qu'avait écrit à l'HP le président déchu de la cour d'appel : la plus extraordinaire déchetterie littéraire et psychiatrique au monde. Je n'avais pas son élévation mystique, je ne m'emmêlais pas dans des fils de pantin, mais j'osais secrètement comparer son dieu inférieur à mon diable personnel. J'en recollais les morceaux jusqu'à croire voir apparaître un monstre de Frankenstein qui, un beau jour, ouvrit l'œil dans ma page de texte.

34

Je n'étais pas allé totalement à l'arrache à l'entretien. Quelques poncifs me semblèrent bons à garder en tête pour briller comme, par exemple : les journalistes et les sondeurs sont complémentaires, les sondages sont une photographie de l'opinion publique à un moment donné, un thermomètre au cœur du débat public, le pulsomètre de l'opinion, ce genre de choses.

La veille de l'entretien, quelques recherches ne me parurent pas superflues sur le Centre de sondages et d'études de marché, premier institut ayant vu le jour en France en 1936, sous la férule d'une sociologue américaine. Ayant observé pendant les années 1930 les premiers sondages d'opinion se calquer sur le modèle d'échantillonnage représentatif des études marketing, elle en importa l'idée en France. CSEM comprenait un département Marketing (99,5 % de son chiffre d'affaires), et un département Opinion, sur lequel opéraient, en principe, les plus valeureux télé-enquêteurs. C'est donc au département Marketing que j'ai commencé ma modeste carrière d'ouvrier du chiffre.

J'avais, de La Défense, la vague image d'un grand manège à trottinettes électriques. Construite en 1969 au bord du quartier d'affaires recouvrant Puteaux, la tour Tocqueville s'élançait sur 300 mètres et 25 étages, tel un prisme simple et neutre, ocre, pas joli. L'institut y avait élu son siège social.

L'entretien se passa mieux que je ne l'avais craint. En fait, tout le monde pouvait rentrer là-dedans, c'était un vrai moulin à cassos. Aucun diplôme ni aucune compétence particulière n'était exigé. Pour un CDD d'une semaine renouvelable, de vingt heures par semaine et à 870 euros par mois, c'eût été fort de café. William Roth m'en servit un dans un gobelet en plastique. Ce cadre à la voix et à la peau de gros fumeur était un brin obséquieux. Son visage étroit grimaçait comme s'il faisait face au soleil. La plupart du temps, son regard semi-inquiet balayait son bureau et le couloir derrière la vitre.

Survolant mon CV, il me demanda ma préférence quant aux tranches horaires ; je lui dis l'après-midi.

– Si vous êtes bon, vous passerez superviseur, c'est bien, superviseur. On compte moins d'arrêts pour dépression chez eux. Arrangez-vous pour le devenir. Vous avez des questions ?

– Oui. Je commence quand ?

– Dès la semaine prochaine.

La journée de formation ne dura guère plus de deux heures. On nous apprit les rudiments du métier, comme recentrer l'interrogé sur la question, et sur sa réponse qui doit être prononcée selon la formule exacte affichée à l'écran, rester souriant en toute circonstance. Lors de l'exercice de simulation, les questions défilaient sur l'écran ; je cliquais sur les réponses recueillies auprès du moniteur, ça avait l'air simple.

Je commençai par une étude commandée par la marque de dentifrice Colgate. C'était le jour d'un match de foot important, ce qui n'était pas franchement génial.

Sandrine, la jeune superviseuse, allait donner les consignes quand, soudain, une drôle de mascotte fit irruption dans la pièce, jaune, parfaitement ronde, surmontée d'un casque d'enquêteur. J'ai nommé Smiley la mascotte incitant au sourire au téléphone. Je n'avais aucune idée de qui se cachait dans cette étonnante peluche – j'entendis tousser dedans –, probablement était-ce un comédien sur la touche, comme Yann, ou un pochard. En tout cas, il devait avoir sacrément chaud, le malheureux. La mascotte managériale restait sans voix, avec son sourire en plastique craquelé, deux points du même noir en guise d'yeux, allant et venant d'un pas lourd au milieu des bureaux du centre d'appel. Certains télé-enquêteurs souriaient, en effet, en la voyant passer, l'opération était alors réussie : inciter les employés au sourire téléphonique, le bruit produit par la gestuelle faciale étant, disait-on, perceptible au téléphone. Une injonction semi-ludique à sourire, voilà l'idée.

17 h 30, il fallait commencer. Le brouhaha se mit en route, je me fis insulter par un vieux. À 18 h 45, le compteur de questionnaires réalisés, au-dessus de ma tête, héritier du sacrosaint chronomètre des usines, affichait toujours zéro en chiffres rouges, alors que d'autres compteurs de télé-enquêteurs plus expérimentés montaient jusqu'à trois.

Une vieille dame accepta enfin de répondre. Il fallut la recentrer, elle voulait me raconter sa vie.

Au moment où j'ai raccroché, Sandrine la superviseuse m'a demandé, dans le casque, de venir la voir à son poste. Elle m'avait écouté et enregistré. Elle était accoutrée d'un sarouel orange. Sur son bureau, un livre de développement personnel. A priori, ce n'était pas un tyran.

– Pas mal pour un début, dit-elle. Bon, tu es encore un *low performer*, mais ça va, franchement. Essaie juste de faire oublier que tu lis.

Arriva l'heure de la pause. Je venais de terminer un autre questionnaire et n'avais rien en cours. Le compte à rebours apparut au milieu de l'écran : dix minutes – tout dépassement de plus de cinq minutes étant directement prélevé sur la paie du retardataire. Je descendis fumer.

En bas, je discutai avec une étudiante. Elle habitait chez ses parents en banlieue, semblait dans ce cloaque sondagier depuis longtemps. Quelqu'un qu'elle connaissait du département Opinion dormait dans une voiture. Il y avait aussi un octogénaire, ancien ouvrier dans l'automobile, contraint de continuer à travailler, car sa retraite ne lui permettait pas de vivre. Et quelques cas comme ça. On ne peut plus sérieuse, l'étudiante m'a demandé si j'étais satisfait, ou pas satisfait du tout de ma journée de travail. Ça a fixé une barrière définitive entre nous.

Avec une minute d'avance, j'ai appuyé sur la touche Espace pour arrêter le compte à rebours. Un daron, à peine m'étais-je présenté, me demanda si je n'avais pas honte d'emmerder les gens chez eux. Je lui rétorquai que j'en étais bien au contraire très heureux. Sandrine avait entendu.

– Bon, dit-elle, cette fois directement dans le casque. L'ironie, évite, hein ?

Il va sans dire que cette sensation d'être espionné pouvait être oppressante. C'est à croire que les superviseurs étaient des cyborgs pourvus d'un don d'ubiquité.

35

L'empailleuse ne me rappela qu'au bout de deux semaines, il était 22 heures. Je rentrais du travail et j'allais prendre une douche avant de me remettre à écrire.

– Je passais pas loin de chez toi et voilà, je me suis dit… non, rien, c'est idiot.

– Ok, merci. Je dois te laisser.

– Attends !

– …

– Tu me manques. J'ai envie de toi.

Ces quelques mots déclenchèrent comme une mini-montée de MDMA, la sensation de m'enfoncer un peu dans mon siège avec une demi-molle généralisée des ongles de pied à la racine des cheveux. À défaut d'un seau d'eau glacée à portée de main, je me suis remis en mémoire la teneur de notre dernière conversation.

– Moi aussi, j'ai pensé à toi, mais ce n'était pas une pensée agréable.
– Tu m'as voulu du mal ?
– …
– Ok, j'ai été nulle sur la fin. Mais je réalise maintenant que…
– Quoi ?
– Voyons-nous.
– J'ai deux ou trois trucs à faire. Je te rappellerai peut-être.

Trois jours plus tard, elle m'attendait avec une bouteille de rosé sous le pont où nous avions fait l'amour une fois. Elle l'avait fait exprès, pensai-je. Sous sa casquette à hélice, ses cheveux avaient cette fois leur vraie couleur, châtain foncé. Elle était toujours aussi belle.
J'avais envie de l'embrasser. J'allais l'embrasser.
– Ça fait tout drôle de te voir, dit-elle en reculant.
On s'est assis au bord du quai. Elle a bu quelques gorgées de vin, puis on s'est embrassés.
– Je voulais te dire quelque chose, dit-elle, en me prenant la main entre ses deux mains. Je suis vraiment contente de t'avoir comme ami.
À vrai dire, je n'avais pas prévu qu'elle essaie de me boucler dans un enclos d'amitié chaste. Mais je surenchéris :
– C'est vrai. Et d'ailleurs, on n'aurait jamais dû coucher ensemble. Quand je pense à l'amitié qu'on aurait pu vivre…
– Oui, enfin, c'est pas aussi clair que ça pour moi.

Je me gardai bien de répondre. Aveuglée par les phares d'une péniche, se tordant les doigts, elle eut soudain l'air fragile ; son regard se fit languissant, elle se faisait terne. Après avoir fini la bouteille, on a marché jusqu'à chez moi et, devant la porte de la cour, elle m'a attiré par le col vers elle, contre le mur de mon immeuble. Ses lèvres ont effleuré les miennes, au moment où le vent se levait. L'hélice bicolore se mit en route dans un bruit strident et je vis jaune.

– Tu me trouves toujours jolie ? dit-elle en tournant sur elle-même.

– Je crois que c'est assez clair, non ?

– Tu as quelqu'un d'autre ?

– ...

– Moi, je n'ai eu personne d'autre, dit-elle en regardant ailleurs.

Elle mentait autant que moi, par omission, pensai-je, excité par l'idée qu'elle eût d'autres amants. Haletante, elle dégrafa le bouton de son jean. Jeta ma main dans sa culotte, trempée.

Il était midi quand j'ai été réveillé par le ronronnement de la cafetière, l'odeur du pain grillé et la radio en sourdine. Elle est arrivée de la cuisine en fumant une clope roulée, vêtue d'un de mes tee-shirts criblé de trous, qui lui arrivait à mi-cuisse. On s'est regardés sans rien dire, elle a écrasé sa clope dans le cendrier. Son visage était à moitié caché dans la pénombre. Je me sentais extrêmement bien.

Elle est venue sur moi et, dix minutes plus tard, elle

s'est laissée retomber sur le côté, me couvrant la main de baisers affectés.

– On reste ensemble maintenant, hein ? dit-elle.

Un coursier a sonné à la porte. Il m'a donné un colis d'environ 50 centimètres de haut, et j'avais beau répéter que je n'attendais rien, il était bien à mon nom, il ne pouvait y avoir d'erreur. Quand la porte s'est refermée sur le coursier, Lilith était derrière moi, bras croisés, un sourire contenu aux lèvres.

– C'était quoi ? dit-elle en frottant ses yeux bruns, prenant un air tout sauf naturel.

À l'intérieur du carton, emballée dans du papier bulle, se trouvait une marmotte empaillée dressée sur ses pattes arrière dont la vue me fit d'abord sursauter. Pour une surprise !

– Je l'ai faite pour toi.

J'ai pris Lilith dans mes bras ; j'étais très ému.

– Tu ne l'as même pas essayée ! dit-elle en se dégageant vivement, piquée dans sa fierté d'artiste. Regarde son cœur.

À ce niveau, à la place du pelage, derrière une cavité fermée par une vitre, elle avait logé une petite danseuse étoile en céramique. Sous la queue de la bestiole, il y avait un bouton qui, lorsqu'on l'actionnait, faisait tourner la figurine sur une petite musique étrange de carte de vœux électronique, autrement plus douce que celle, ironique, qu'avait émise le faux flingue de Jeff au Phalanst'art.

– Je ne sais pas comment te remercier.

– Contente qu'elle te plaise ! Maintenant, trouvons-lui un nom.

– C'est une femelle ?

– Non. Ilel est non binaire.

En effet, elle avait une verge et des mamelles gonflées.

– Si on l'appelait Dominique ? Dominique, ça va aux deux.

– Va pour Dominique, dit-elle. C'est un peu comme si on s'entraînait à avoir un enfant, tu ne trouves pas ? Écoute, j'crois que j'suis un peu… amoureuse.

Ces mots, murmurés à mon oreille, m'insufflèrent de la force pour écrire les jours suivants. Souvent, j'étais lessivé en rentrant de l'institut ; alors, il me fallait faire une sieste avant de retrouver mon Pierre. C'est à lui que j'avais envie de confier tout ça, en l'écrivant. Tout lui déballer. Dans un souffle coupable, j'ai invoqué son nom maintes fois. Il était devant moi, de l'autre côté de la table, le visage éclairé par la lampe, fantomatique, un sourire moqueur mais des yeux toujours aussi tendres.

D'autres personnages tardaient à s'affirmer. Je retournais sans cesse dans mes fichiers chercher l'inspiration. Et puis, tout est venu d'un coup. Je me suis alors posé cette question de crédibilité et d'éthique : faut-il avoir goûté au moins une fois à l'Illuminatine pour être crédible quand on se pique d'écrire sur elle ?

36

Au travail, mes résultats connurent une nette amélioration. Je n'étais plus un « low performer », comme disait Sandrine, et les superviseurs lui ayant succédé me reprenaient de moins en moins. Je devenais un élément semblable à un autre, un automate sans valeur supplémentaire ni déficience, qu'on rappelait d'une mission sur l'autre, car il remplissait passablement sa fonction d'automate : poser la question, répéter la question, énoncer la liste des réponses, répéter, recentrer, balayer d'un sourire téléphonique les incivilités de ceux qui n'en peuvent plus qu'on les harcèle, et ainsi de suite, jusqu'à ce qu'au terme du dernier appel l'écran s'éteigne automatiquement, comme il s'était mis en route. Je m'efforçais de conserver mon optimisme de départ ; néanmoins, tout cela commençait gentiment à mettre mes nerfs à rude épreuve. Disons que ça me prenait du temps pour décrocher en dehors des heures de travail, même si la journée, parfois, un sacré sac de réflexions se remplissait, attendant d'être déchargé dans mon livre. Souvent, pour m'y coller, je devais procéder à tout un rituel de purification.

Je finis par ambitionner d'intégrer le département Opinion. Aussi ai-je pris rendez-vous la semaine suivante avec William Roth. Quand j'ai débarqué dans son bureau, il a croisé ses mains sur son genou et son visage s'est fermé, comme s'il avait pu deviner ce que j'avais derrière la tête et avait bien l'intention de m'éconduire.

– Voilà, je voudrais intégrer le département Opinion.

– C'est non.

– Je comprends votre réserve. Après tout, n'est pas athlète du pouls de l'opinion qui veut, hein ? Mais je fais de mon mieux, vous savez. Et, pour ne rien vous cacher, je trouve les êtres humains plus intéressants que les entreprises.

– Le département Opinion est au complet, dit-il en se grattant la tête, grimaçant comme un vieux sénile.

Au moment où j'allais renoncer et partir, la porte s'ouvrit brusquement sur la secrétaire qui était chargée de nous informer de l'agenda des missions à venir.

– Il nous manque quelqu'un sur le sondage des européennes, dit-elle en me regardant comme on envisage le dernier cornichon au fond du bocal.

Bien sûr, j'ai sauté sur l'occasion. Ainsi surgissent les grands tournants du destin : imprévisibles.

En juillet, le CSEM allait se lancer sur l'un des quelque cinq cents sondages publiés sur la thématique des élections européennes – soit plus qu'aux dernières présidentielles – dans un contexte récurrent de montée en puissance des extrêmes europhobes. En partenariat avec le *Contemplatoire*, l'enquête était d'une envergure exceptionnelle : mille cinq cents personnes seraient interrogées selon la méthode des quotas, la plupart des concurrents se contentant d'un panel de mille personnes. Cela dit, si la majorité des instituts s'entendaient à rendre ce chiffre public, il est un autre élément de méthodologie des sondages que le CSEM se targuait d'être le seul à divulguer : les critères de redressement politique. Certains sondés sont réticents à dévoiler leur opinion, souvent les électeurs des extrêmes, dit-on. Pour minimiser cette marge d'erreur, les sondeurs modifient en conséquence le poids des sondés, selon un système de redressement qui est propre à chaque institut. Un grand penseur avait résumé les choses en ces termes : « Le système de redressement est à la fiabilité des sondages ce que l'exhausteur de goût est à la cuisine. »

J'évoquais, plus haut, la marée montante d'un certain populisme. Au fond, qu'elle finisse de submerger l'Europe me semblait aussi inéluctable que la fonte des glaces ; et je regardais le phénomène se produire dans une attitude proche de la léthargie. On s'était si bien encroûtés à l'idée que la bête immonde stagne « aux portes du pouvoir », selon l'expression consacrée, qu'une croyance lobotomique s'enracina dans l'opinion selon laquelle elle resterait statufiée là, épouvantail qui ne faisait plus peur depuis longtemps.

Pour les européennes, le candidat de l'Union nationale – homosexuel d'origine maghrébine, l'alibi idéal pour répondre aux accusations de racisme – préconisait une Europe où les États membres décident ou non de consentir aux lois européennes. Celles-ci étant, pour le candidat de l'Union nationale, responsables de l'invasion migratoire, de l'anéantissement de l'identité française, voire du suicide des agriculteurs. Il adhérait à la théorie du gigantesque remplacement, d'après laquelle, selon un plan de suicide civilisationnel bien orchestré, son Sarrasin de père aurait pris la place d'un Gaulois.

Le principal parti d'extrême gauche avait, quant à lui, pour leader charismatique un coq stalinien à la grandiloquente agressivité. Il se disait victime d'une conspiration du silence ; alors ce petit père des peuples à Rolex hurlait pour compenser. Il préconisait la désobéissance systématique aux lois européennes et la sortie de l'Union à moins d'un « changement radical »… Le candidat Danzer avait dénoncé une « manœuvre purement électoraliste ».

Chef du parti des Éveillés de la République, Robert Danzer était le candidat le plus hostile au « projet européen ». L'un des chevaux de bataille de cet indéboulonnable sénateur était les armées secrètes de l'Otan. Pilotées depuis Washington, elles auraient commandité en Europe une trentaine d'attentats « sous faux drapeaux » pendant la guerre froide pour en accuser les communistes, et ainsi justifier l'ingérence américaine sur le vieux continent.

Je me souviens de son passage dans une émission politique à grande audience. L'interviewer compara sa vision de la géopolitique à celle de l'Union nationale, alors Danzer, agitant son goitre gaullien, le mit au défi de trouver dans son programme un élément stigmatisant les immigrés. Et, en effet, au moins en cela, il se démarquait de tout le monde. Le journaliste pointa certains penchants de son discours destinés à flatter l'imaginaire complotiste, et un anti-américanisme primaire. C'est vrai, le chef des Éveillés voyait l'ombre de la CIA partout, de la création de l'Union européenne au financement de groupes terroristes en vue d'attentats sous *false flag*. Il avait, par ailleurs, insinué que deux des pères fondateurs de l'Europe étaient des agents secrets américains, et que le premier président de la Commission européenne était un ancien nazi. Devant lui, un chroniqueur avait sorti un dictionnaire et s'était mis à lire la définition du mot complotiste (« Partisan d'une ou plusieurs théories du complot »), puis l'avait refermé dans un claquement sourd. Danzer dénonça dans cette accusation un procès en sorcellerie, une « arme de disqualification massive dont la seule énonciation peut suffire à jeter le discrédit sur toute argumentation rigoureuse mais non communément admise », élément de langage repris depuis par ses adhérents.

Enfin, il était pour la légalisation de l'Illuminatine, avait-il fait savoir peu après ce passage télévisé par un communiqué sur le site du parti. Soi-disant pour faire cesser le trafic de drogue. Si l'idée n'avait pas de quoi plaire aux narcos, elle circula massivement sur les réseaux sociaux, et des influenceurs complotistes s'intéressèrent même à l'ensemble du programme de Danzer.

Voilà donc quelques-uns des guignols dont nous avions à prédire les scores…

Dans les étages supérieurs, le département Opinion offrait de meilleures conditions de travail, et l'aménagement m'y parut jouer pour beaucoup. Au milieu de cet open-space, où nous étions à peine vingt-cinq, il y avait un patio avec des plantes. Les bureaux étaient séparés par des panneaux en liège d'1,50 mètre pour absorber le bruit, et nos casques étaient pourvus d'un système d'isolation sonore. À son bureau, face à nous, dos au mur, le superviseur avait l'air d'un prof de maths sévère avec sa chemisette blanche, sa petite mallette, un trousseau de clefs accroché à son jean. Son briefing fut net, sans ambages et, je dois dire, me surprit :

– Il y a deux questions fermées : « Vous, personnellement, si dimanche prochain vous deviez voter au premier tour des élections européennes, pour quel candidat voteriez-vous ? » Et la seconde : « Vous, personnellement, si vous avez voté au premier tour des dernières élections présidentielles, pour quel candidat avez-vous voté ? » Voilà. Normalement, la mission devrait être terminée dans les temps. Bon courage !

Certains sondés ne s'étaient manifestement pas encore posé ces questions, et comme ils se décidèrent à formuler, tout de même, une opinion coûte que coûte, j'eus parfois quelques scrupules à la prendre en compte. Ainsi, une dame indécise voulut savoir ce que répondaient en général les autres interrogés et me demanda quelles étaient mes propres convictions. Comme j'ai refusé poliment de répondre, elle a posé la même question à quelqu'un qui était à côté d'elle et a calqué son opinion sur la sienne. J'entendais aussi : « Mettez ce que vous voulez. » Je commençais à prendre un peu plus la mesure de l'étendue du désintérêt des Français pour la politique.

Le quatrième et dernier jour, un homme affirma, comme beaucoup, avoir l'intention de voter pour Robert Danzer, et quand je finis d'énoncer la deuxième question, il partit en vrille.

– Pourquoi m'appelez-vous en numéro masqué ? demanda-t-il. Rien ne me dit que vous êtes bien le CSEM.

Là, j'ai déployé mon plus beau sourire téléphonique :

– Rien ne vous dit non plus que je ne le suis pas.

– Attendez un peu, dit-il après un silence. Revenez à la première question. Je voterai pour Jérôme Vasseur, le seul à dire tout haut ce que tout le monde pense tout bas !

– Désolé, aucun candidat ne répond à ce nom.

– Rollmops d'Allemagne ! vociféra l'homme qui ne semblait plus rien entendre. Rollmops de 360 !...

Et il raccrocha.

Le soir, en sortant le dernier de l'open-space, je suis tombé, dans les toilettes, nez à nez avec Smiley, ou plutôt le misérable qui devait crever de chaud à l'intérieur du déguisement jaune. Il sursauta en me voyant dans le miroir. Il ne portait plus que les deux tiers inférieurs du déguisement. La calotte du bonhomme-tête était sous son bras, pendant que, de l'autre main, il s'aspergeait énergiquement le visage. Un visage angoissé, aux dents en avant et aux cheveux crasseux. En effet, un pochard.

– Pardon de vous avoir fait peur, monsieur...

Je m'abstins in extremis de dire « Smiley ». Il poursuivit sa toilette sans plus me considérer, tel un ragondin sur la rive opposée. Je me suis lavé les mains à côté de lui. Un truc ne tournait franchement pas rond chez ce type. Il me sembla potentiellement dangereux, et bien moins innocent qu'il voulait le paraître. La fièvre du soupçon remontait en moi. Lorsque je suis sorti des

W.-C., il avait déserté la rive. Pauvre mascotte de l'injonction au sourire téléphonique...

37

– J'ai enfin fini, m'annonça Pierre, solennel, au téléphone, sur le coup des 22 heures.

– Ton enquête sur le diable ?

Il y eut un grésillement.

– T'as entendu ? remarqua-t-il aussi. On n'est pas seuls...

Ce fut un instant comme si son appareil était tombé aux chiottes et que Pierre avait tiré la chasse, puis :

– Vous m'entendez, bande de sales reptiles ? s'écria-t-il. J'ai vomi le point final ! Et je vais révéler l'existence de votre seigneur !

– Félicitations, dis donc ! Je parie que t'as pris un cachet bleu pour fêter ça. Tu l'as envoyé à un éditeur ?

– Oui, à moi-même. T'as vu les élections ?

Les résultats des européennes étaient tombés il y a deux heures.

– Un peu. D'ailleurs, je me demandais quel est ton avis sur Danzer.

– Il est mortellement chiant, mais son projet sur l'Illuminatine est couillu. Si je votais, je voterais pour lui. Mais je ne voterai jamais.

Personne n'avait vu venir Danzer. La totalité des

instituts s'étaient magistralement plantés sur son compte, et dans des proportions identiques. Ils lui donnèrent 15 % d'intentions de vote, ce qui me paraissait déjà énorme étant donné qu'il y avait à peine un an j'ignorais jusqu'à son nom. L'écart avec la réalité fut un désastre historique pour l'institut, un « crash sondagier » sans précédent, le glas de l'ère des sondages, put-on même entendre : 20 % des électeurs votèrent pour le candidat des Éveillés de la République. Bref, le système de redressement du CSEM avait viré au fiasco.

Aux critiques qui n'ont pas tardé à venir, les sondeurs ont riposté avec leur argumentation habituelle : abstention record, volatilité des électeurs, difficulté de mesurer le vote, non cette fois des électeurs de l'Union nationale, mais des Éveillés. Je crois surtout que l'Illuminatine mène à une espèce de malice dans la paranoïa, que le rollmops de 360 illustre bien. Peut-être que, si l'on réfléchit un peu en se mettant dans la peau d'un illuminatinomane, on se dit qu'ils ont dû se passer le mot : feindre de voter pour un candidat plus consensuel, en tout cas pas celui de la « pilule de la Vérité », par crainte d'être tirés du lit par une milice de la pensée alertée par des reptiles déguisés en sondeurs. Et, en même temps, ç'aurait été glisser un beau rollmops d'Allemagne dans le fion du système, le lui mettre bien profond, ni vu ni connu.

– Légaliser l'Illu est une idée de génie, reprit Pierre.

– Surtout un sacré filon électoral. Supposons que les camés votent, avec un peu d'imagination. Eh bien, je parie que beaucoup voudraient se procurer l'Illuminatine dans des distributeurs, comme les capotes !

– Plus sérieusement, je crois qu'il en dit moins qu'il en voudrait dire. La CIA derrière l'Europe, l'armée secrète de l'Otan, l'impératif du Frexit, tout le monde sait ça, tout le monde l'admet ! Qu'il parle du Nouvel ordre mondial, et on pourra dire, ce mec a une sacrée paire de roustons. Mais, en attendant, c'est le moins pire de tous.

– C'est normal que tu penses ça, déclarai-je pour le piquer. Il est complotiste, et toi aussi.

– Tu vois des complotistes partout, mon vieux, parce que tu es paranoïaque. C'est pour ça qu'on est potes, que tu le veuilles ou non !

– Pierre, j'ai quelque chose à t'avouer…

On sonna à sa porte ; il se leva pour ouvrir et je bénis le ciel de m'avoir empêché de faire cette connerie que j'aurais regrettée, même si mon livre le concernait lui aussi après tout. Et, en effet, il y a autre chose qu'il ignorait encore. Et moi, je ne dissociais déjà plus bien Pierre de son double, ni la fiction de la réalité.

L'affaire Danzer avait, quant à elle, conforté mon sentiment que le monde entier devenait complotiste, et que tous ces discours étaient autant décomplexés que n'importe quels autres discours tenus par les politiques. Complot judiciaire ! s'écriait le coq stalinien. Gigantesque remplacement ! s'époumonaient les nationalistes. Chaque classe avait ses codes paranoïaques, chaque culture, chaque tranche d'âge avait aussi ses codes spécifiques, et je ne voyais pas comment cela pouvait se résorber.

38

Une nuit de fin août, Lilith dormait chez moi quand un incendie s'est déclaré dans son squat. A priori accidentel. À Belleville, autour de la maison prise en étau entre deux immeubles : pleurs, hurlements, j'entends dans son télépohone. Lilith bondit sur ses pieds. « Je suis… SDF », balbutia-t-elle avant de se préparer à la hâte, commandant un Uber, tremblant comme une feuille ou ces milliers de papillons noirs qui devaient voler au-dessus de sa maison.

– Elle a brûlé. Tout a brûlé. Mes affaires, tout.

– Mais non, c'est un mauvais rêve. Rendors-toi.

– Il y a eu un incendie chez moi et tout a cramé ! hurla-t-elle.

– T'es sûre ?

– Putain !

– Oh, mon dieu ! Il y a des morts ?

– Oui. Les animaux…

La semaine d'avant, elle avait fait ramener de son atelier à chez elle une série de taxidermies sur le thème des signes du Zodiaque. Elle avait bossé dessus comme une malade, tout devait être parfait, comme sur le descriptif qu'elle avait envoyé pour un concours à Genève. Destinées à être exposées au Salon international de la taxidermie organisé par le même jury, les œuvres devaient ensuite être vendues à un collectionneur privé de la Silicon Valley que lui avait présenté Stella, la photographe américaine pimbêche, pour une somme qui aurait permis à Lilith de vivre pendant au moins six mois. Le concours avait lieu cinq jours plus tard seulement. Bref, il y avait de quoi se foutre en l'air. Le tournant était manqué et la maison brûlait.

Elle s'habilla à la hâte, le Uber était arrivé. J'eus beau insister pour la suivre, elle m'assura que ça allait, m'embrassa rapidement et partit seule sans dire un mot de plus, claquant la porte derrière elle. Impossible de me rendormir. J'aurais dû la suivre là-bas sans lui demander son avis. J'imaginais le pire, me mordant la lèvre inférieure.

Une heure passa sans qu'elle ne donne le moindre signe de vie. Je pris alors les devants. En même temps que la première tonalité, j'entendis la sonnerie de son téléphone qu'elle avait oublié sur la table. Je ne connaissais même pas son adresse.

Dominique, la marmotte non binaire, captiva mon attention avec sa danseuse mécanique à la place du cœur. Je voulus la consoler pour les pauvres animaux du Zodiaque, actionnai le bouton sous la queue et la petite musique accompagna la mélancolique animation. La danseuse venait de cesser de tourner lorsque Lilith revint. En lui ouvrant, je lui montrai l'animal empaillé dans le coin de la pièce et, croyant bien faire, dis : « Il nous reste toujours Dominique. » Elle jeta alors sur l'objet un regard anéanti et alla s'écrouler sur le lit. J'ai tenté de lui poser des questions mais elle ne semblait plus rien entendre. Ne trouvant quoi dire d'autre, je lui proposai de rester chez moi le temps qu'elle voudrait. Elle approuva d'un sourire absent. Puis j'ai sombré.

39

Le feu ne fut pas le seul drame qui arriva cette nuit-là. À Sarcelles, une dame de quatre-vingt-dix-sept ans avait été retrouvée brûlée vive après s'être pris quelque chose comme quinze coups de couteau. C'était une pauvre vieille sans histoires ; elle portait un tatouage à l'avant-bras et s'appelait Marceline Bloch. Sur sa table étaient posés deux verres et une brique d'un litre de jus de pomme. Elle l'avait reçu comme un roi, le fils de pute.

Il habitait l'étage du dessus. Elle le connaissait bien, l'avait gardé quand il était môme. Son père était en taule pour braquage, sa mère était malade de la tête. Un paumé, disait-on. Les caractères antisémite et islamiste du crime tardèrent à être retenus ; sans surprise, on commença par parler de l'acte barbare d'un déséquilibré, par prudence dans le meilleur des cas.

Lorsque la police vint le cueillir chez lui, dans un nuage de fumée de shit, bourré de petites pilules bleues, il n'opposa aucune résistance mais ne plaida pas coupable, bien qu'il affirmât ensuite, lors d'un premier interrogatoire, que ce qui se passait à Gaza était un million de fois plus grave, malgré le silence des élites : « Deux poids deux mesures ! » Et voici ce qu'il déclara plus tard devant le juge antiterroriste avant de tenter de se suicider dans sa cellule avec une lame de rasoir : « Pour le Prophète, les sionistes sont des porcs. » Seulement à ce moment-là le caractère antisémite du crime fut retenu ; le troisième de l'année, et bien que celui-ci surpassât en inhumanité les précédents, on s'y était accoutumé comme à la stagnation du monstre aux portes du pouvoir, c'était comme ça. La classe politique s'agita certes un peu, notamment le coq stalinien qui condamna le racisme quel qu'il soit et mit surtout en garde contre l'amalgame entre islam et antisémitisme. Quelques mois après, la cour d'appel jugea l'homme pénalement irresponsable car, étant diagnostiqué schizophrène et ayant fumé beaucoup de cannabis avant les faits, il avait été sous l'emprise d'une « bouffée délirante ».

Lilith eut beau m'avoir plusieurs fois répété qu'elle était agnostique, les premiers mots qu'elle prononça vers midi, ou plutôt ceux qui lui échappèrent comme un renvoi, me rappelèrent qu'elle avait reçu une éducation catho et qu'elle consacrait sûrement beaucoup de temps à la déconstruire : « Dieu est un fils de pute. » Je sentis dans sa voix fluette de la culpabilité, une honte qui ne regardait qu'elle. Sans se préoccuper de ma réaction, elle s'abandonna à une nouvelle spirale silencieuse, ignorant le téléphone qui sonnait sans discontinuer. En ce jour sordide où elle trouva refuge chez moi, j'eus pour la première fois la sensation qu'on s'appartenait un peu.

À table, le soir, elle m'annonça qu'elle n'empaillerait

jamais plus. Avalant une bouchée, je lui ai dit de façon machinale, sans savoir si j'y croyais vraiment, que c'était excessif, que la nécessité de créer lui reviendrait, qu'elle avait le feu sacré. Elle regarda sans appétit son assiette de spaghettis au pesto, en enroula, en déroula quelques-uns autour de sa fourchette qu'elle laissa tomber sur le rebord en porcelaine de son assiette. « Plus jamais », se répéta-t-elle.

40

Fallait que je gagne plus d'argent pour nous offrir une meilleure vie. Ainsi, j'ai pris un autre rendez-vous avec William Roth afin de lui demander de devenir superviseur.

Le cadre qui grimaçait de nouveau comme s'il était aveuglé fit un tour complet sur son fauteuil pivotant en simili noir, incliné à 40 degrés. Après avoir pris une brève inspiration et tout en se frottant les yeux, d'une voix qui semblait sortir de l'hygiaphone d'un guichet pénitentiaire, il eut sensiblement la même réponse que précédemment :

– Désolé, je ne peux satisfaire votre demande.

Je me préparais, une nouvelle fois, à capituler quand la secrétaire entra d'un pas décidé.

– On n'a plus de mascotte, dit-elle.

– Comment ça ? répondit-il en se redressant vivement, tout échevelé. Encore un suicide ?!

– Non, il est reparti dans sa maison de repos, dit-elle en levant les yeux au ciel.

– Merde, ça fait combien de réinsertions ratées en un an ? Deux prisonniers, deux psychiatriques… Bon, en attendant, il nous faut un comédien.

Avais-je pris l'apparence du dernier Doliprane 1000 qu'on retrouve miraculeusement au fond du tiroir à pharmacie lorsqu'ils se tournèrent vers moi ? Toujours est-il qu'après m'avoir regardé avec insistance, ils sortirent s'entretenir un instant dans le couloir.

– Vous seriez prêt pour un essai ? dit le cadre en revenant.

Trois jours plus tard, je signais un CDD de trois mois de 35 heures à 1 400 euros net. Intitulé du poste : comédien d'entreprise. À moi la grande comédie managériale, le grotesque cordialissime, la planque la plus moisie du monde ! J'eus le reste de la journée des accès d'euphorie, promettant à Lilith un selfie dans mon costume jaune de Smiley, et même de lui en faire fabriquer un rose, et de nous payer un tour du monde.

En rentrant de sa première sortie depuis l'incident, elle se remit alors à manger et à parler un peu, esquissa même l'idée d'écrire un journal pour y voir plus clair, me regardant avec le début d'un désir.

– Pourquoi tu fais tout ça ? me demanda-t-elle.

– J'en sais rien. Qu'est-ce que t'en penses ?

– Que j'suis un vrai boulet dans tes pattes !

– Alors, nous voilà deux boulets.

– Arrête, je suis très sérieuse !

La semaine suivante – ou celle d'après ? –, on était tous les deux invités par Mélissandre, la performeuse nue sœur de Clément, chez leurs parents où les deux frangins étaient retournés vivre temporairement depuis la destruction du Phalanst'art. Ce fut pour moi un honneur en même temps que j'éprouvais une certaine appréhension en attendant le jour J, comme si j'avais à passer un examen d'embauche. Il ne me semblait pas leur avoir laissé un souvenir particulièrement bon.

41

C'était à côté de l'arrêt Mairie d'Ivry, dans un atelier d'artiste transformé en loft, situé entre un restaurant libanais fermé et une agence de graphisme. Lilith appuya sur la sonnette. La porte cossue commença à s'ouvrir, sitôt arrêtée par un entrebâilleur. Derrière, un type de l'âge de Lilith, aux traits androgynes, nous scrutait d'un œil, l'autre étant fermé à cause de la fumée de sa cigarette. Lilith ne le connaissait pas. Pour la première fois depuis une demi-heure, sa main lâcha la mienne.

Il nous ouvrit. À peine le temps de souffler qu'un fouet en cuir tressé vint, de derrière, le cingler avant de faire tourner comme une toupie. Il tomba sur le cul ; ses jambes s'écroulèrent en dernier sur le parquet grinçant. Lilith riait.

– Qui t'a dit d'ouvrir cette satanée porte ? siffla Mélissandre en l'enjambant.

– Mais c'est toi, meu amor, qui m'a demandé de le faire, geignit-il à quatre pattes, un sourire espiègle aux lèvres.

– C'est vrai, dit-elle, tout en étreignant son amie et en laissant tomber son fouet : je te présente Paolo, mon nouvel amant.

Mélissandre était affublée d'un kimono en soie noire et coiffée d'un chapeau de hassidim. En me faisant la bise, voyant que je ne détournais pas les yeux du haut de sa tête rousse lunaire, pour le moins intrigué, elle me raconta qu'elle avait demandé à un Juif orthodoxe de Brighton Beach à New York où elle pouvait se dégoter le même chapeau que lui. Et elle s'en était fait fabriquer un sur mesure. Elle ne se sentait pas coupable de cette tocade appropriatrice si naturelle, ayant toujours eu conscience d'être « racisée » de par son père, autochtone de Constantine, bien qu'elle ressemblât davantage à une Irlandaise, à la rigueur à une Kabyle.

On s'est assis dans les canapés autour de la table basse du salon. Une splendide bibliothèque de bien 20 pieds de haut et une baie vitrée aussi haute la surplombaient. Derrière poussait un jardinet à l'abandon où un bouddha à taille humaine regardait dans notre direction. Clément dévala l'escalier métallique qui menait à l'étage et aux chambres, *tadam*, *tadam*. Se jetant dans les bras de Lilith, il donna libre cours à un toc que j'avais déjà observé et éprouvé à l'expo du Phalanst'art, et qui consistait à vous frotter la figure de sa tignasse rousse avec une expression de jouissance polymorphe. Elle embrassa ses cheveux cuivre crades et les ausculta comme si elle y cherchait des poux.

Clément nous fit monter dans la chambre des invités pour y déposer nos affaires sur le lit pendant que sa sœur débouchait une bouteille de vin blanc biodynamique. Sur la commode trônait une photo de famille sur laquelle je reconnus un visage familier au regard pétillant et à l'épaisse moustache.

– Attends une minute, fis-je à Clément, me dis pas que ton père c'est… Iguir Seguemi !

– C'est malheureusement bien lui, répondit-il, nous tournant le dos.

J'ai déposé ma veste et, lorsque je me suis retourné, Clément n'était déjà plus là.

Iguir Seguemi, ça alors ! Cet éminent sociologue avait observé les politiques publiques dans les zones urbaines sensibles ; je l'avais aperçu dans des émissions tardives où il tricotait d'impeccables analyses sur le « bouillonnement social » des banlieues, oui, c'était bien lui ! Il avait sorti quelques essais sur le dialogue interreligieux en zone prioritaire et sur l'action collective des jeunes des quartiers nord de Marseille. Sa façon de mouliner des mains pour finir ses longues phrases complexes m'avait un moment fait sourire. Tout le monde aimait bien Iguir Seguemi. Sauf, visiblement, sa famille.

Sa femme, qui était par ailleurs sa tutrice, l'avait récemment fait interner à Saint-Anne, car il était schizophrène et alcoolique, me prévint Lilith dans l'escalier. Les deux frangins, dès leur plus jeune âge, avaient été habitués aux allées et venues de leur père du foyer à la maison de repos, de la maison de repos à l'institut, et préféraient le savoir à la maison de fous plutôt que dans leurs pattes.

Paolo était assis à côté de moi ; il aimait parler de lui. Il avait immigré deux ans auparavant au Brésil, où il avait effectué ses études au lycée français de Sao Paulo. En effet, bien qu'il roulât légèrement les *r*, ce fils de diplomate parlait impeccablement notre langue dans laquelle il se targuait d'avoir lu tout Guy Debord.

– Je suis un artiste dissident, me prévint-il, brandissant un index raccourci d'une phalange.

– Ça, c'est pour l'Amazonie, poursuivit-il.

– Tu veux dire que tu t'es coupé un doigt pour protester contre la déforestation ?

– Exactement. Mon corps, c'est mon pinceau et mon arme.

– Le sang comme métaphore de la sève en souffrance, intervint Mélissandre, fière de son nouveau compagnon « éduqué », c'est fort.

Paolo opina.

– T'es engagé ? dit-il sur le même ton que s'il m'avait demandé si j'étais vacciné.

– Non, pas vraiment.

– Tu es donc nihiliste ?

– Non plus. Je suis contre l'injustice, bien sûr, lançai-je pour faire bonne figure.

– Vraiment ? dit Mélissandre. Moi, je m'arracherais les yeux si ça pouvait faire disparaître le néocolonialisme.

– Pour toi, je me ferais faire une vasectomie, la flatta Paolo.

– Tu ferais vraiment ça ? dit-elle en se reculant brusquement, tandis que son chapeau tombait par terre. Saisissant sa tête à pleines mains, elle ajouta : et moi, je me ligaturerais les trompes pour tes beaux yeux.

Clément était absorbé par l'écran de son téléphone. Lilith posa sa main sur le coussin à côté d'elle pour que je vienne m'asseoir. Sa langue vint trouver la mienne puis, la retirant, elle mordilla ma lèvre inférieure, libérant un goût de fer. Je commençais à avoir les crocs.

La mère arriva. C'était Clément avec des cheveux blonds décolorés et le teint gris-rouge. Elle était gonflée comme sous l'effet de la cortisone. Un silence se fit, comme si son irruption était inattendue ou que l'éventualité d'une menace venait d'être écartée, comme par exemple l'intrusion du père.

– Florence, enchantée, me dit-elle, puis, à l'adresse de Lilith : Comment ça va, ma belle ? Mélissandre m'a dit pour l'incendie…

– Florence, s'agaça Clément, elle n'a pas envie d'en parler.

Florence était la directrice de cabinet d'un élu d'extrême gauche de Seine-Saint-Denis. Elle avait auparavant été la plume inspirée, sans jeu de mots, du coq stalinien à Rolex dont nous avons déjà parlé. Fille contrariée d'un riche avionneur aristocrate, elle avait retiré la particule de son nom. Mais avait bien encaissé l'héritage à la mort du vieux. Sur la boutonnière de son gilet était accroché un pin's en forme de triangle rouge.

– Vous avez mangé ? lança-t-elle à la cantonade.

Ses enfants se regardèrent en coin comme si la question de la nourriture ne leur avait pas encore effleuré l'esprit. Elle sortit sa tablette, commanda le dîner sur une appli. En vain, je guettai sur sa face cireuse la marque d'un scrupule. Non, sans doute ne criait-elle pas sur tous les toits qu'elle s'adonnait à cette pratique de consommation engendrant, disons-le, une certaine forme d'esclavage.

Florence fit entrer le livreur, un grand Noir aux yeux injectés de sang essoufflé, car il venait de traverser Paris en pédalant comme un dératé. On aurait dit ce naufragé qui avait fait la couverture du *Contemplatoire* il y a un an.

– Vous resterez bien boire un verre ? lui proposa-t-elle avec une familiarité qui me mit mal à l'aise pour lui.

– Je suis payé à la course, bredouilla-t-il.

Florence cherchait dans son portefeuille de quoi lui laisser un pourboire. Mélissandre, en pleine conversation engagée avec Lilith, écœurée par ce 1 % de la population mondiale détenant 99 % des richesses, se leva, s'étira et salua vaguement le type. Sans se détourner de son amie, elle décrocha des grandes mains asséchées le sac en carton et l'éventra sur la table sans perdre une seconde. L'homme partit comme un courant d'air. Il n'existait déjà plus pour eux. Qu'importe l'exploitation de la misère, qu'importe la lutte, si le menu en vaut la peine : un savoureux risotto printanier végétarien. Nous le dévorâmes en un rien de temps. Florence lança l'idée de faire une tarte, mais ça s'arrêta là.

Elle cherchait à savoir si j'étais un vrai pauvre. En apprenant que j'habitais dans le Ve, elle eut une expression légèrement moqueuse qui, encouragée par le sourire ironique de Clément, se transforma en une moue carrément condescendante. Mais lorsque je lui glissai que j'avais été ouvrier du chiffre, son expression s'adoucit, comme si résidait dans cette condition de merde une marque d'héroïsme. Je laissai passer un instant avant d'ajouter que j'étais devenu comédien. Comédien d'entreprise. Paolo trouva la chose curieuse. Clément jugea grotesque l'idée de forcer à sourire des travailleurs précaires pour un résultat on ne peut plus incertain. Je ne sus donner tout à fait tort à ce petit marquis rouge qui me crachait sa morgue à la figure, dénigrant mon gagne-pain. Sûr d'être dans son bon droit. Il avait d'abord dû me cataloguer comme un *boomer*.

Lilith sortit un petit sac qui contenait des cristaux jaunes et bruns ressemblant à du quartz brut et en versa une partie dans son verre. Nous l'imitâmes tous, sauf Clément et Florence qui ne parut pas trop perturbée non plus de voir sa progéniture se camer devant elle. Après une dernière cigarette, elle monta dans sa chambre. Clément ne tarda pas à lui emboîter le pas ; il était près de minuit.

La montée se traduisit d'abord par une légère sensation d'euphorie et d'hypersensibilité de la peau. Mélissandre s'approcha de moi, les yeux comme deux soucoupes, un large sourire sur des mâchoires qui grinçaient.

– Elle est bonne, la MDMA, lui dis-je.

– Oui, elle est pure. C'est quoi ton animal totem ?

– Le porc, répondis-je au pif.
– Enchantée, voilà le mien.

Elle portait au poignet un bracelet en cuivre en forme de cobra. En lien avec cet animal totem, m'assura-t-elle, de la braise se consumait sous sa peau ; une dégénérescence se traduisant par de fréquentes crises de démangeaisons. Pas plus tard que la semaine dernière, une douleur d'écorchée vive l'avait saisie toute la nuit ; son bûcher intérieur, disait-elle. Je la crus volontiers, car elle sentait fort le soufre et avait une tête à voler sur un balai et faire des trucs bizarres avec son sang. En revanche, je me gardai bien de lui demander si elle n'était pas, elle aussi, un reptilien venu du soleil, ça avait l'air de lui tenir trop à cœur.

Elle me caressa le cuir chevelu ; cela lui sembla si irrésistible que je la laissai faire un moment. Mais mon crâne avait beau être sensible comme un gland, je n'avais pas pour projet de finir en partouze avec eux, non. Il y avait du désir dans ses gestes, et j'aurais mis ma bite à couper que notre cher dissident n'était pas non plus contre une partouze de chemsex.

Pendant ce temps, Paolo s'approchait de Lilith qui touchait ses cheveux mauves et son cuir chevelu. Il lui chuchota quelque chose et lui prit la main dans sa main mutilée. Une tension érotique emplissait l'air.

C'est alors que la sonnette retentit.

Mélissandre, qui était allée regarder par le judas, eut un mouvement de recul.

« C'est papa », annonça une voix derrière la porte,

ajoutant, face au silence opposé par notre assemblée : « Je sais que vous êtes là. Ouvrez. »

Mélissandre retint sa respiration, se décomposa.

– On m'a laissé sortir. Je suis guéri.

La mère dévala l'escalier quatre à quatre, le visage déformé par la fureur.

– Iguir ! rugit-elle. Tu l'auras voulu, j'appelle les flics !

– Enfin… Le psychiatre a été formel, je suis guéri. Que dire de plus ?

– Mensonge ! Tu t'es encore échappé.

– OUVREZ CETTE PUTAIN DE PORTE ! vociféra-t-il.

BAM BAM BAM.

– OUVREZ OU JE LA FRACASSE !!

Après une dizaine de coups violents portés contre la porte, l'homme se laissa glisser par terre en silence. Quelques secondes s'écoulèrent.

– Vous ne perdez rien pour attendre !

Ses pas s'éloignèrent.

– Il ruse, dit la mère en composant le numéro de l'hôpital.

Personne ne répondit. Elle n'appela pas les flics.

– Vous feriez bien de rester cette nuit, dit-elle en allant d'un pas lourd vers l'escalier.

– Ils sont en train de divorcer, m'avoua Mélissandre. Et ça lui tape sur le système, au père. Je voudrais… qu'il soit mort.

Florence eut un petit sourire, ne trouvant rien à répondre à ces mots qui n'étaient plus de l'âge de sa fille, mais auxquels elle semblait habituée, et même adhérer.

Six heures du matin.

Nous n'avions pas fermé nos yeux en soucoupes de la nuit. J'avais une sacrée crampe à la mâchoire et je n'étais pas le seul dans ce cas. Dehors, le bruit d'un camion et du Kärcher sur l'asphalte, ici l'odeur du moka dans la Bialetti. Mélissandre tira les cartes ; j'allais, d'après sa prédiction, vivre une période de merde. Lilith, quant à elle, aurait à lutter contre le repli sur soi. Forcément, quand on vient de vivre une expérience traumatisante, c'est toujours à craindre… N'est pas Nostradamus qui veut.

J'étais complètement *stone*. Mélissandre ne voulait pas dormir. Paolo la divertissait comme un bouffon.

– Putain, lui dit l'intimidante rouquine, mais tu veux quoi, une médaille ? Appelle plutôt un type, j'ai besoin d'un remontant.

Il s'exécuta. Le dealer mit une heure à arriver. Il entra dans le salon le temps de la transaction.

– Comment ça, t'as pas de coke pas d'exta pas d'acide pas une foutue tête de beuh ? commença à s'impatienter Mélissandre.

– Bah non, j'ai que de l'Illu.

Mélissandre finit par lui prendre dix pilules à 5 euros l'unité, le lot de départ. Elles se trouvaient dans un pochtar mat de la taille d'une grande boîte d'allumettes où je ne fus pas surpris de trouver, imprimée en couleur or, la fameuse pyramide cyclope.

– C'est la première fois que je prends ça, dit-elle en avalant la pilule bleue et en regardant le dessin.

– Pareil, dit Lilith, qui grimaça à cause du goût amer sur la langue.

– *Idem*, ajouta Paolo qui en envoya deux dans son gosier comme s'il s'agissait de bonbons.

Vint mon tour. J'hésitai. Pensai à mon livre, à ce qu'il gagnerait en réalisme si j'en venais à prendre de l'Illuminatine, ne serait-ce qu'une fois. Puis non, je devais encore me garder un temps de réflexion, rester dans l'état d'esprit de l'expérience et non de la compulsivité, du récréatif.

– Toujours rien, constata Lilith au bout d'une demi-heure.

– On s'est fait rouler comme des bleus, souffla Mélissandre. Du vent, du placébo en barre, ouais ! Pfft.

– Il y est peut-être pour rien, le pauvre type, tenta de rationaliser Lilith.

– En effet. L'arnaque ne profite pas toujours à ceux qu'on croit, ajouta Paolo, songeur. Savez-vous que l'Illuminatine se vend mieux que n'importe quel antidépresseur ? L'un rend plus lucide, l'autre plus servile à coup sûr. Ils ont tout intérêt à empêcher la vente de l'Illuminatine.

– Qui ça, ils ? m'enquis-je, commençant à pressentir la pente sur laquelle ils s'engageaient.

– Big Pharma, affirma Paolo avec un aplomb grandissant.

– Big Pharma ?

– Le lobby pharmaceutique tentaculaire, quoi, s'écria-t-il.

Comme pour se gratifier de cet effort fulgurant de logique, Paolo s'envoya un autre cacheton. Le parquet se mit à grincer, Clément se réveilla. Il traversa comme une ombre le salon, alla se servir un café dans la cuisine, tendit l'oreille en revenant. Puis fronça les sourcils lorsque sa sœur affirma que Big Pharma n'était pas le seul à nous empoisonner massivement. En prononçant ces mots, elle désigna derrière la baie vitrée un avion volant haut dans le ciel d'aurore, suivi d'une longue trace blanche. Ils foutent dans leur kérosène des tas de produits chimiques et toxiques pour nous buter ! La preuve en était ces petites traînées de toile translucide, le plus souvent imperceptibles, qui tombent du ciel comme d'une colonie d'araignées célestes.

– Alors là, j'aimerais avoir tes sources, dit Clément, les yeux écarquillés.

– Mais tout le monde le dit ! lui asséna Mélissandre en brandissant son bras derrière elle.

J'eus beau chercher dans cette direction, je n'y trouvai pas la moindre preuve.

– Si tu le dis, répondit Clément mal réveillé.

Il n'eut aucune envie de démystifier ces théories fumeuses, déjà bien occupé par la fumée de sa première cigarette, plus frais que nous tous.

Sans prévenir, le sujet de l'incendie vint sur la table. Lilith croyait dur comme fer qu'on avait foutu le feu intentionnellement à son squat, et que c'étaient des flics. Le produit avait complètement enveloppé Lilith, elle aussi, décidément. Paolo partageait son analyse. Ce sont les mêmes flics casseurs qui discréditent les manifestations, s'écria-t-il en avalant une pilule de plus. Clément avait lui-même assisté à des violences policières, certains flics se déguisaient en manifestants pour jouer aux pompiers pyromanes, casser des vitrines, semer le chaos pour justifier l'intervention des forces de l'ordre, ça s'appelle « la stratégie de la tension ». Mais ces flics-là n'étaient pas pour autant à l'origine de l'incendie, cela ne tenait pas debout aux yeux de Clément. Ni aux miens d'ailleurs.

Paolo nota que l'assassinat de Marceline Bloch était survenu en même temps que l'incendie du squat et avança que le premier avait occulté le second dans l'agenda médiatique. On parlait de la vieille – le ministre de l'Intérieur s'exprima à ce sujet – mais rien à propos de ces jeunes qui s'étaient retrouvés à la rue, et qu'on avait, comme elle, déshumanisés. De plus, ces deux actes de barbarie eurent comme signature commune le feu. Coïncidence ? Mélissandre en douta sérieusement.

– Ok. Vous êtes en train d'insinuer que l'État a tué cette pauvre vieille ? demandai-je, effaré.

– J'ai pas dit ça, se rétracta un peu Mélissandre, manifestement moins sensible au produit.

– S'en prendre à une rescapée des camps est monstrueux ! explosa soudain Lilith. Pour les gens sans cœur, la fin justifie tous les moyens !

Ça y est, déjà, nous arrivions au dernier étage de la pyramide des crédules ; la connexion était établie. Résidait bien, dans cette extravagante machination visant à l'expulsion de quelques squatters, l'histoire d'une Juive venue de nulle part, une histoire de Juif du creux de l'œil de celui qui dit douter. Il se serait tramé une arnaque à la Shoah dont le Juif, la Juive en l'occurrence, était cette fois la victime. Tiens, comme c'est étonnant… Ma main à couper que ça leur avait effleuré l'esprit en des termes analogues.

Paolo pensait à tout. L'assassin de Bloch ? Un agent secret, affirma-t-il en avalant un autre cacheton. L'assassin s'était d'ailleurs suicidé dans sa cellule en se mordant la langue, c'était passé au journal de 20 heures. Mais pour qui nous prend-on ! s'indigna l'artiste dissident, tapant du poing. Il ne croyait pas la version officielle et persistait à dire que les deux drames avaient poursuivi un même but. Tout ce qu'affirma Clément à ce sujet, c'est que l'assassinat d'une vieille femme juive relevait davantage du féminicide que du crime antisémite. Or, les journaux ne parlaient que du second. Deux poids deux mesures !

Tout à coup, Paolo devint blanc comme un cierge, se leva, porta la main à la poitrine, s'écroula brutalement. Son corps fut parcouru de spasmes, et ses yeux se révulsèrent pendant quelques secondes. Mélissandre eut le réflexe de lui attraper la langue entre le pouce et l'index avant qu'il ne l'avale. On lui fit boire de l'eau qu'il cracha en se tordant de douleur, une mauvaise bave au coin des lèvres. Il nous regardait maintenant sans nous voir. C'était donc ça, une overdose d'Illuminatine !

– Arrière ! se mit-il à hurler, pris d'un regain soudain. On m'a empoisonné parce que je dérange. N'approchez pas, je mords ! Arghhhhh !…

– Mais non, le secoua Mélissandre par les épaules,

visiblement habituée à vivre ce genre de scène. Personne ne t'en veut, tu as juste un peu forcé sur la chimie.

– Ce truc, c'est de la merde ! s'écria Lilith.

– Ahhhhh… On m'a injecté une saloperie de vaccin avec des micro-aiguilles !

– Ok, Paolo. On va faire un tour, tu vas t'aérer l'esprit.

– Arrière, arrière ! s'époumona-t-il, vaincu, avant de s'évanouir pour de bon.

Nous le soulevâmes, ouvrîmes la porte pour lui faire respirer l'air frais quand entra le daron Iguir suivi d'un huissier de justice.

42

L'overdose de Paolo m'avait un peu refroidi quant à la tentation littéraire d'éprouver cette came avant de s'autoriser à écrire dessus. Le fichier « Illuminatine » n'était-il pas suffisant ? Fallait-il que je sois initié, « éveillé » comme disent les illuminatinomanes ?

Essayer une fois et prendre un stylo et du papier. Rien qu'une fois. Mais n'est-ce pas un peu ambitieux, quand on a soi-même une sérieuse tendance parano, de se pencher sur la potion magique dans le seul but d'y goûter, sans risquer de tomber dedans ? Je doutai d'un coup de la solidité de mes opinions et de mes capacités cognitives. La tentation me guettait, mais c'était pour la beauté de l'art. Jusqu'où étais-je prêt à aller ? Qu'étais-je prêt à sacrifier pour toucher cette vérité ?

À force, je commençais à prendre une bonne vitesse d'écriture, bien que voyant, plus loin dans mon récit, l'écueil de la non-expérience chimique, du non-ressenti. Alors, une solution m'apparut, celle de finir le livre et d'y revenir après avoir enfin expérimenté la substance. Ça me laisserait un peu de répit. Mais le dénouement de l'histoire ne dépendait-il pas de cette expérience ? Ou était-ce l'inverse ? Je ne savais plus.

J'écrivais quasiment tous les soirs, et parfois même pendant la pause de midi. Lilith m'a beaucoup encouragé quand je lui ai appris que j'écrivais un livre. Mais à sa demande de lui laisser lire des passages, mon refus fut net et catégorique.

43

Perdu entre deux étages, le placard à balais qui me servait de bureau avait un mur criblé de traces de Patafix ; quant au meuble sur lequel reposait l'ordinateur, il était couvert de gribouillis. Sous la minuscule fenêtre : une pile de vieux magazines, comme dans les salles d'attente. C'en était presque une, en quelque sorte. Certaines missions se suivant sans transition, d'autres étant largement espacées. En attendant, il fallait tuer le temps et ne pas trop se montrer. Ce bureau couvert de graffitis serait-il un endroit potentiel où écrire ?

La « journée » de formation ne dépassa pas une heure. L'épreuve de mise en situation se déroula dans un open-space vide, le matin. La monitrice me suggéra de ralentir le pas, de visualiser un itinéraire au sol, le temps idéal d'apparition étant de trente-sept secondes, pendant les missions des télé-enquêteurs. Comme un arrière-goût de PIM PAM POUM. Je finis à trente-huit, chance du débutant.

Il s'agissait de se familiariser avec l'ample déguisement sphérique fabriqué dans une mousse légère et flexible afin de s'écraser aisément au moment de passer les portes. Même si je voyais et respirais par des trous, j'avais un angle de vision satisfaisant.

Je parcourus la charte, signai. L'une des recommandations en était de se montrer discret entre les missions. Le mieux était de retourner à la planque en interagissant le moins possible avec les télé-enquêteurs. Un mythe entretenu. Parfait.

Il fallait pointer à l'heure, à chaque début de mission, à l'aide d'un prompteur connecté que je suspectai de dissimuler un dispositif de géolocalisation.

L'ennemi imaginaire commençait à saturer l'air ; je le réprimai, une fois de plus.

Règle numéro 2 : Sourire derrière le déguisement. Alors là, ils pouvaient se le foutre où je pense, leur sourire ! S'il est un avantage à cette comédie, c'est bien qu'elle se joue, paradoxalement, à l'abri des regards. Au moins était-il reposant de voir sans être vu. Un rôle essentiel à la cohésion de l'équipe, affirmait la charte.

Ne pouvant fermer la porte à clef pour être tranquille, je poussai le siège contre.

44

Un bout de Post-it vint se poser sur ma webcam. Je ne dis rien. Au moment d'aller dormir, Lilith voulut sortir de son sac son pilulier et c'est un sachet mat et or qui apparut entre ses mains. Elle prit un air étonné, nia l'évidence, puis m'assura que c'était pour une amie et qu'elle l'avait oublié. Je ne dis rien et éteignis la lumière. La pyramide était phosphorescente.

Merde, manquait plus que ça ! Non satisfait de s'être immiscé dans mes amitiés, le complotisme chimique vint assaillir mon lit. L'empailleuse se défendait de devenir accro, mentait. Peu à peu, la Terre cessa d'être ronde, des micros poussèrent partout comme des amanites, elle se sentit le privilège d'être détentrice de vérités interdites, et ceux qui ne la suivaient pas étaient des moutons. Je lui confiai mes inquiétudes. En réponse, elle me somma d'essayer, juste une fois. Rien d'addictif, pfiou ! Voilà qu'elle faisait du prosélytisme, maintenant ! Mais l'usage qu'elle me proposait était bien récréatif ; je ne pris pas le cachet bleu qu'elle me montra au creux de sa main tremblante.

La situation devint moins idyllique, nos rapports se dégradèrent, gâtés par les codes paranoïaques qu'elle adoptait et auxquels je m'efforçais de rester hermétique. Quand elle vérifiait pour la septième fois que la porte était bien fermée la nuit, ou inspectait chaque recoin de l'appartement qu'elle connaissait pourtant parfaitement, dès que je lui tournais le dos, je n'étais pas serein. Elle se mit à faire des choses vraiment bizarres. M'apprêtant à utiliser le micro-ondes, je trouvai son téléphone à l'intérieur. C'était pour une expérience au cours de laquelle je devais l'appeler. Messagerie directe. Bingo, les ondes restaient en dehors du micro-ondes. Elle voulut que j'y mette aussi le mien et me confier un secret d'État à l'abri de Big Browser. Non, je ne rentrerais pas dans ce jeu pervers ! Je lui dis que cette saloperie allait finir par la faire crever, et moi avec. Voulait-elle terminer comme ce pauvre Paolo ? Culpabilisant, étais-je, à la croire, paternaliste de surcroît. Une fois, elle promit cependant de ne plus jamais recommencer, jeta les pilules dans le lavabo. Mais les tocs n'avaient pas disparu. La porte qu'elle vérifiait pour voir si elle était fermée, toujours, jusqu'à bondir du plumard en pleine nuit, en sueur ; elle semait de soi-disant filatures à chaque coin de rue dès qu'elle mettait le pied dehors.

Puis elle se remit à parler de Marceline Bloch une nuit. Sur le cliché en noir et blanc qui illustrait une nécrologie qu'elle me montra, la vieille portait une chemisette. Son tatouage n'apparaissait pas sur son avant-bras. En réalité, elle se tenait debout, s'appuyant sur une table, et le numéro était tout simplement caché ; à cette explication, l'empailleuse resta sourde. Un matin, je trouvai mon téléphone enveloppé, comme le sien, dans du papier alu. Elle nia l'avoir emballé, flippait, et moi aussi, d'assister, impuissant, à sa perte. Et merde, j'avais besoin d'écrire alors qu'elle était de plus en plus agitée, tourmentée. Elle me déconcentrait, ça devenait un problème.

Son dealer frappa à la porte, à un moment où il n'était pas prévu que je sois chez moi. Je lui dis qu'il s'était trompé d'adresse... La porte ayant claqué sur lui, la situation s'envenima. Une ombre passa sur le visage de Lilith ; son regard pris par la fièvre du soupçon lançait des éclairs bestiaux.

Soudain, elle s'empara de Dominique, souleva l'œuvre taxidermique au-dessus de sa tête, l'envoya s'écraser à ses pieds dans un hurlement guttural ; elle se trouva soudain dépossédée, comme frappée d'amnésie.

– Je, je, suis désolée, dit-elle, oh non ! Je croyais qu'ils avaient foutu une caméra dedans, je te jure, dit-elle, horrifiée par son geste.

Elle laissa son trousseau de clefs sur la table et partit quelques jours chez Mélissandre « réfléchir ». À vrai dire, je m'en trouvai soulagé. J'entrepris de faire le ménage, ses affaires atterrirent dans un coin de l'armoire. Cette fois, je n'avais aucune fleur à cracher par terre. Lilith me manqua affreusement en même temps que je me mis à la haïr pour de bon.

Dans mon costume de travail, les joyeuses grimaces se transformèrent en une bien triste mine. William me fit la réflexion que je traînais la patte. Pendant les missions, je ne pouvais atteindre mon téléphone lorsqu'il vibrait dans ma poche, un coup, ça me démangeait de prendre mes jambes à mon cou, pour voir, au cas où ce serait elle. Mais ça ne l'était pas.

Paniqué, je retournais lire dans ma documentation les effets secondaires de l'Illuminatine. Dans le désordre : irritabilité, paranoïa aiguë, troubles du sommeil, forte dépendance, tendances suicidaires, perte de poids, dépression, renfermement, délires paranoïaques, addiction, comportements violents, comportements irrationnels, vertiges, troubles obsessionnels compulsifs. Psychose. La totale !

Un soir elle revint sans prévenir, et ce n'était plus la même. Ses yeux exprimaient le néant, ses cheveux verts aux racines décolorées étaient tondus sur un côté, elle avait un couteau de cuisine dans son blouson. Sa tête, m'annonça-t-elle à voix basse, avait été mise à prix par les reptiliens. Elle me prit dans ses bras en pleurant, ça sentait Mélissandre. Elle s'effondra sur le lit et dormit jusqu'à 14 heures le lendemain.

– Écoute, je t'en prie ! Je sais des choses que je ne devrais pas savoir, dit-elle. Je ne suis pas une droguée, putain, non, merde ! Je suis juste un peu plus… lucide !

– C'est le produit qui te fait croire ça.

Elle tira sur sa clope avec avidité, se mit à rire, d'un rire suraigu, détraqué. Se leva, vacillante, alla aux toilettes. Revint au bout d'une minute sans avoir tiré la chasse.

– Bien, dit-elle. J'ai arrêté. Laisse-moi juste un peu de temps. Je fais des recherches sur Internet, pas dans les merdias *mainstream*, et, comment dire… J'ai appris que certains… hommes boivent le sang des nourrissons. J'ai vérifié, c'est vrai. Des sacrifices sur l'autel satanique, tu te rends compte ?

– Je pensais que tu n'étais pas croyante.

– Bon sang, Marceline Bloch n'a jamais existé ! explosa-t-elle.

– Combien t'en prends par jour ?

– Zéro, j'te jure ! Et puis c'est pas une drogue, c'est un médicament contre la servilité. Essaie une fois avant de juger.

Allez, juste une, pas de quoi devenir accro, pensai-je. Et d'ailleurs, on s'en détache comme rien. Mais oui !

Mais non !

Elle me fit alors des yeux d'amoureuse, parla de sentiments, mais ses mots sonnaient aussi juste que ses théories de débutante paranoïaque et déjà dévote. Sa pensée était à sa drogue, et elle cheminait maintenant dans son entonnoir mental, celui dont on coiffe les fous. Elle avait paumé sa carte. Elle avala une pilule bleue sans avoir conscientisé le geste. Puis, après avoir tourné autour du pot, en regardant par la fenêtre, elle me demanda enfin clairement de lui prêter du fric. Oh ! pas grand-chose, ce que je voulais. Disons 50. Elle allait recevoir un virement la semaine suivante et me les rendrait. Je lui glissai trois billets bleus dans la main ; c'était un peu plus, elle éclata en sanglots, s'excusa, me remercia. Et, bégayant, à la porte, elle me promit de revenir vite, guérie. Je reste aujourd'hui sans nouvelles d'elle…

45

Les semaines qui suivirent, nuit et jour, je n'avais qu'une idée en tête : elle ! J'y pensais peut-être plus qu'elle ne pensait elle-même au grand complot, et son souvenir, à mesure qu'il devenait à la fois obèse et beau, s'éloignait de ce qu'elle était véritablement : un oiseau macabre, à moitié déplumé, qui disparut subitement après s'être fait panser l'aile ; et, pour couronner le tout, une illuminatinomane.

Brusquement, je m'étonnai qu'elle ne surgisse pas au détour d'une rue ; jour et nuit, partout, perdu entre son absence et l'espoir toxique de la voir revenir guérie. Quand je me rappelais que c'était foutu, un abîme se creusait au niveau de mon plexus, je m'y noyais. Mais l'espoir était pire. Je finis par prendre mon travail par-dessus la jambe. Une fois, je me pris à chialer franco pendant les trente-sept secondes, qui en devinrent vingt, puis dix ; c'était au département Opinion. Une dame m'entendit, estomaquée. Non, sembla-t-elle se raviser en enfilant son casque d'écoute, ça ne pouvait qu'être un éclat de rire !

Si je continuais à me rendre à l'institut à peu près tous les jours, c'est que mes draps hurlaient l'odeur du souvenir, et que je ne me sentais jamais plus à l'aise qu'en jouant cette absurde comédie. Je voulais crever là, dans mon costume de planqué, non comme Molière mais bien comme un rat, la gueule ouverte. Suffoquer dans ce sourire hypocrite, ce serait mon ultime performance.

J'écrivais beaucoup moins, j'avais du mal à m'y mettre, n'ayant plus la tête à ça.

William Roth finit par me convoquer un matin. Il laissa un message sur ma boîte vocale ; je fis le mort.

À mes yeux, le suicide idéal se devait d'être sobre, sans pathos, purement pratique ; une sorte d'hygiène. Un suicide à la Gary, voilà l'idéal. Chez lui, une balle de Smith & Wesson dans la bouche, une simple lettre où « les fervents du cœur brisé sont priés de s'adresser ailleurs ». Naguère, j'avais rêvé d'un suicide à la rustre, dans l'urgence, une poutre, une corde. Ou la Seine façon Paul Celan, oui, la Seine, sur un coup de tête, car on prémédite rarement un suicide par noyade. Les rails du métro, n'en parlons pas, ils sont la propriété des crackomanes. Quant à l'asphyxie au gaz d'échappement, paraît que c'est cool, mais je n'avais pas de voiture. Jusque-là, à vrai dire, l'idée du suicide m'était apparue secourable, bien qu'encore abstraite. Cioran l'eût mieux formulée : « Sans l'idée du suicide, je me serais tué depuis toujours. » Aujourd'hui, je dirais que chacun se suicide comme il peut.

William Roth me mit la main dessus ; j'errais dans les couloirs dans mon costume de Smiley. D'emblée, je prétextai devoir courir à ma prochaine mission. Le cadre mit les pieds dans le plat, me demanda si quelque chose n'allait pas en ce moment. Je m'arrêtai devant lui, le feu dans les yeux. Mes lèvres se contentèrent de formuler que tout allait pour le mieux, alors que je m'efforçais de contenir une pulsion violente et inconnue qui s'insinuait en moi. Il reposa la question, cette fois plus contrarié. Il m'ordonna d'ôter mon costume. Je fis semblant de ne pas comprendre, et le couloir étant étroit, je le bousculai d'un coup d'épaule pour passer ; alors, il bondit comme un poulain et, un mètre cinquante plus loin, me barra le passage, les yeux horrifiés. Une colère folle brisa en moi toutes les barricades. Il ne vit pas venir le coup de pied que je lui envoyai dans les burnes. Il s'écroula, le souffle coupé. Je l'enjambai. Étrangement, je me sentis alors calme, comme si une entité amie avait pris le relais. Dans l'ascenseur, en route vers le dernier étage, je ne pensais déjà presque plus à ce qui venait de se produire. Enfin, je pris l'escalier du toit. La porte au bout était ouverte ; il faisait bon, je sentis le souffle de l'ennemi imaginaire dans mon cou.

Je me tenais maintenant dos à la barrière, de l'autre côté, en équilibre sur la plate-bande recouverte de lichen. En bas, la dalle grouillait de monde. Un enfant que je pus discerner leva la tête et tira sur la manche de sa mère en me montrant du doigt. La fourmilière autour s'était embrasée ; j'avais la mienne dans les jambes.

Certains ont dû d'abord penser que ce n'était qu'une farce, cherchant la caméra quelque part. Il y eut une rafale de vent et le jour commença à tomber. C'est alors que, lâchant une main, un pied dans le vide, je pensai au dernier coquelet farci et rossini aux pommes de terre sardalaises que j'avais mangé à *La Table de Grandgousier*.

46

Boum ! Le moteur de la Volvache pétarada sec ; elle tremblait tellement que ça vous chatouillait la carcasse et le rectum. Le panneau bleu apparut au-dessus de l'A6. Lyon n'était plus qu'à cent bornes ; c'est dans ses environs que nous devions nous rendre. Depuis trois heures que nous roulions, je n'étais pas tranquille, doutant sérieusement que ce maudit tas de ferraille arrive jusque-là. Une fumée noire nous succédait ; ça sentait le cramé à plein pif. Confiant, Gonzague, le peintre ami de Pierre, conduisait sur la voie la plus à gauche. Notre vitesse ne devait pas excéder 80 kilomètres/heure, tandis que dans le cadran en bois l'aiguille rouge demeurait écrasée sur le zéro.

Il ne se passait pas cinq minutes sans qu'une voiture ne klaxonne furieusement en nous doublant par la droite. Chaque fois, Gonzague hurlait des insanités, et Pierre lui disait de fermer sa gueule.

J'étais tassé derrière avec ces deux grandes perches de Joseph et Christophe ; le premier avait pris une cuite la veille. Quand sa tête endormie se posait sur l'épaule de son frère, celui-ci lui envoyait un coup de coude sec dans les côtes. Il se laissait aussi surprendre par les coups de Klaxon de Gonzague, la cucaracha enrouée.

Pierre, quant à lui, s'était adonné à une énième relecture du manuscrit de son bouquin sur le diable. Il pensait s'autoéditer, car aucun éditeur ne prendrait le risque. À l'entendre, tous des vendus du système. Il affirma que, s'il l'avait terminé à temps pour le Festival, il aurait pu en vendre facilement 1 000 exemplaires en tenant un stand. Ce Festival, c'était le Festival « Dissidences – une lecture différente de l'actualité », le plus grand rassemblement annuel de « dissidents » au monde avec 100 000 festivaliers attendus d'après les organisateurs. C'est là qu'on allait, à bord de ce maudit tas de ferraille.

C'était le deuxième des trois jours du festival. Là-bas, Pierre avait pensé toucher deux mots de son bouquin à un ou deux blogueurs. Il en avait protégé le copyright en en déposant un exemplaire au format numérique à la Société des gens de lettres. Christophe relativisa que ça serait pour l'année suivante, ce stand ; à ce moment-là, une salve de pétarades nous ramena à des choses plus concrètes. Un camion nous doubla en klaxonnant plusieurs secondes. Gonzague finit par se rabattre sur la droite, prenant un cul de joint au fond du cendrier. Pierre sortit d'une antique pochette l'album *Meddle* de Pink Floyd et mit « One of These Days » à fond la caisse.

Gonzague jeta un coup d'œil dans le rétroviseur, fit un bond sur son siège et manqua d'avaler son cône, comme s'il venait de voir un fantôme. Cette fois, un flic à moto nous doubla, gyrophare en action. Il nous fit une queue-de-poisson et nous ordonna de nous arrêter sur la bande d'arrêt d'urgence. Les deux frères devinrent blêmes.

– Qu'est-ce que je fous ?!… hurla Gonzague, suant comme un goret.

– Parce que tu nous vois le semer, avec ton bolide, tocard ? s'écria Pierre extrêmement nerveux ; les pages non reliées de son tapuscrit glissèrent de ses doigts quand Gonzague pila franco.

Cinq superbes spécimens de camés dans une bagnole où pas grand-chose n'était aux normes, le flic n'avait pas enlevé son casque qu'il s'en frottait déjà les mains, tournant autour de la voiture, sur le point d'appeler des renforts. Avant cela, il donna un coup de pied procédurier dans l'un des pneus quand il aperçut, sur la plage arrière, le prospectus du festival Dissidences. Il nous demanda si on comptait s'y rendre ; de concert, on a secoué énergiquement la tête. Il se pencha à la fenêtre de Gonzague et, par-dessus ses lunettes de cow-boy, il le fixa, l'air embêté. Opinant tristement, il nous confia qu'il aurait bien aimé s'y rendre lui aussi, mais qu'il craignait d'y être identifié, car les services secrets y seraient sans doute infiltrés. Selon ses dires, cela pourrait lui valoir des emmerdes avec sa hiérarchie. Alors, tout compte fait, nous y allions, oui, assurément monsieur l'agent. Joseph affirma s'y rendre tous les ans, par goût de la vérité. Juste assez bas pour que le flic n'entende pas, son frère le traita de fayot. Le flic se détendit encore d'un cran. Ok pour cette fois, mais qu'il ne nous y reprenne plus ! Lorsqu'il rendit ses papiers à Gonzague et que son bolide fut lancé sur l'autoroute, on s'est tous regardés avec des yeux de merlan frit ; c'est Christophe qui pouffa le premier.

– On a eu foutrement chaud au cul, souffla Pierre

en secouant la main. T'as été bon, Jo. Ouais, putain, t'as assuré, mon vieux.

– La négociation, j'ai ça dans le sang, répondit Joseph avant de se signer, et nous partîmes dans un fou rire nerveux.

– Il existerait donc une solidarité entre les conspirationnistes, conclus-je, encore secoué par ce rire. À ce rythme, vous serez bientôt plus redoutables que les francs-maçons !

Je ne croyais pas si bien dire. Les frangins m'apprirent qu'ils avaient planqué sous le plancher du coffre un sac contenant pas moins de 500 grammes de pilules bleues. Par sachets de dix, vingt, quarante et cinquante unités. Ils comptaient bien sûr les refourguer là-bas. Quoi de plus simple quand tous les festivaliers étaient des consommateurs potentiels, selon les statistiques de Christophe ? L'an passé, ils en avaient écoulé autant, en quelques heures à peine, et étaient revenus avec un sac plein à craquer de billets. Courant lui aussi un risque, Gonzague prenait naturellement sa commission. En parallèle de leurs activités respectives de technicien à la reprographie du Trésor public et de monteur de podcasts, Christophe et Joseph faisaient ainsi, chaque année, quelques bons coups. De toutes les drogues qu'ils avaient déjà vendues, l'Illuminatine, affirmèrent-ils d'une même voix, était la plus rentable et était loin d'être la plus chère. Naturellement, ils refusèrent de me révéler qui était leur grossiste. En tout cas, il ne faisait aucun doute pour eux que toute la marchandise serait écoulée d'ici à ce soir. Ils boufferaient là-dessus pendant un bout de temps.

Il était bientôt midi, et voilà que, m'ennuyant, je me pris à lire la publicité du festival. Leur but ? « Rassembler les gens qui doutent. » Un détail aimanta mon attention. Un nom, juste en dessous du titre, s'étalait en caractères à peine moins gros et d'une couleur plus vive. C'était le nom du directeur du festival, le comique Dondivin Mandanda, plusieurs fois condamné en correctionnelle pour, notamment, apologie du négationnisme, incitation à la haine raciale, escroquerie ; antisémitisme à plus forte raison, car là était son fonds de commerce, il suffisait d'écouter cinq minutes ses sketches pour s'en rendre compte. Sachant aussi divinement jouer de son totem symbolique d'humoriste, il jouissait d'une marge d'ambiguïté ô combien confortable qui avait permis à son avocat de le tirer d'affaire en plaidant en ce sens, usant de moult « peut-on rire de tout ? » et autres accusations du type « deux poids deux mesures ». Dondi, comme l'appelaient ses fans, écopa de nombreux sursis. Le système judiciaire, qu'il accusait de servir le complot le visant, n'arrivait jamais à le coincer. Il ne faisait que de l'humour, après tout ! Pisser sur tout et sur rien : de l'humour. Inciter à la haine raciale : de l'humour. Dégueuler toute sa vindicte sur les femmes, les homosexuels, et bien entendu les Juifs : de l'humour !

Comme il y eut deux Pétain, il y eut deux Dondivin ; un avant et un après. Non qu'il fût naguère un héros mais, au départ, ce fils de médecins franco-congolais s'était fait la coqueluche d'un public essentiellement composé de jeunes des quartiers. Après une heure de gloire fulgurante sur le mode complainte culpabilisatrice, rigolarde, logorrhée populeuse à la sauce bitume dont la France se lassa, il tomba dans une disgrâce qu'il prit pour une conspiration des médias. Son ami Jérôme Vasseur n'eut pas trop de mal à le convaincre que sa mauvaise fortune avait un lien évident avec le sionisme. Remonté, il le fit savoir dans l'intégralité de son spectacle suivant. Toutes les antiennes antisémites classiques et modernes étaient citées dans ses spectacles. Goebbels lui-même n'aurait pas fait mieux. Très vite, sa popularité grimpa en flèche et la logorrhée populeuse se fit populiste. Cette fois bien réelle, sa mort médiatique eut bien sûr pour effet de renforcer l'aura du gourou.

C'est lors de son dernier passage télé qu'il effectua, pour la première fois publiquement, un « rollmops d'Allemagne ». C'était son invention ; il l'avait brevetée, bien qu'il décrétât ensuite qu'elle était d'une portée universelle, elle ne lui appartenait déjà plus. Pour rappel, le bras droit commence par un salut nazi, se rabat, passe derrière la tête et fait un tour complet jusqu'à pincer le lobe de l'oreille. Un geste de ralliement antisystème, s'était-il d'abord défendu mollement, ce qui fut partiellement retenu par la juge lors d'un procès l'opposant à plusieurs associations de lutte contre le racisme et l'antisémitisme. Pourtant, le commencement du geste était clair et illustrait son discours : un salut nazi. Le traditionnel appel au don lancé à ses fans suffit à couvrir les deux tiers des frais de justice du comique millionnaire.

Dondivin, comme l'avait énoncé un éditorialiste, était

à lui seul une véritable entreprise d'une trentaine d'employés, florissante sur la très fertile « Dondisphère ». Elle comprenait un théâtre, plusieurs lignes de fringues à l'effigie de Dondi, avec des slogans tels qu'« Au-dessous le soleil brûle » – une expression qu'avait employée l'un des deux jumeaux la dernière fois chez Pierre – ou plus basiquement « Rollmops de 360 » avec un bras et une tête s'exécutant, des produits ménagers, des tas de gadgets, sa propre monnaie électronique, modestement baptisée Dondicoin. Dondisphère était aussi le nom d'une maison d'édition qui éditait notamment des BD. La plupart mettaient en scène devinez qui. Sur la couverture de « Dondi cherche la douche », il posait sur les rails, devant la porte d'Auschwitz, en tenue de prisonnier de camp de concentration. Enfin, il produisait quelques-unes de ses ouailles, comiques, cinéastes, talents en tout genre qui toutefois marchaient dans ses pas, partageaient les idées du Guide ; eux avaient le droit de monter dans le dondibus. Bref, voilà qui nous indique la couleur de ces « Dissidences ».

Plus bas, lus-je, un certain Karim l'Outrepasseur, platiste notoire, blogger et vidéaste influent, recevrait Jacques Crèvefoie, coach en développement personnel et spécialiste, entre autres, des rapports de dépendance au pouvoir. Robert Danzer avait donné un entretien devant les caméras d'une chaîne de TV russe. Ça s'était passé la veille ; il avait fait un discours en faveur de la légalisation de l'Illuminatine et, lorsque fut reproché au sénateur sa présence dans un rassemblement de négationnistes, il prétendit ne pas s'être renseigné préalablement quant à la réputation de ses hôtes !

Jérôme Vasseur serait également de la partie. Jo rêvait de le rencontrer, Christophe également. S'il était le boss suprême de tout le business de l'Illu, il pouvait bien les arranger. Et puis, c'était pour eux un modèle d'intégrité, droit dans ses bottes brunes, le père Vasseur. Enfin, était-il indiqué en bas, le festival se déroulait dans un quartier industriel à la périphérie de Lyon, dans un hangar de 30 000 m^2. Dès la première année, le maire de Lyon avait fait interdire l'événement dans sa ville, mais ce ne fut pour Dondi et ses communicants qu'une occasion de plus de polir leur blason de paria. Cette semi-clandestinité les arrangea magnifiquement, malgré leur souhait de conférer à Dissidences des atours institutionnels.

Quand on a quitté l'autoroute, sur la bretelle à l'approche de Lyon, un écœurement me fit interrompre ma lecture. Pierre s'arrêta à son tour de relire son livre, chercha du regard le Rhône. Joseph dormait sur l'épaule de son frère. Mon ventre commençait à crier famine. Quant à la pauvre Volvache, elle frisait la crise d'épilepsie…

47

Dans la file du parking, une tension aiguë viciait l'air. La cacophonie des Klaxons et des invectives fusant de toutes parts n'avait rien à envier au périphérique de Paris un lundi matin. Je m'arrachai une cuticule du pouce ; le sang foncé irrigua les pourtours de l'ongle. Son goût et la douleur me firent sentir étrangement vivre. Gonzague collait la voiture de devant, klaxonnait, jurait, tel un lion en cage. Dans le véhicule juste derrière nous, à quelques mètres, le conducteur avait remonté son pull au-dessus du nez, battant l'air de l'autre main ; il semblait que les gaz de la Volvache y étaient pour quelque chose.

L'écran géant qui longeait le hangar George Orwell diffusa une publicité pour une colonie de vacances « Éveil survivaliste » éclairée de façon criarde. Pierre s'était mis à astiquer une tache qui ressemblait à un crachat séché sur le pare-brise avec un chiffon plein de cambouis. Les jumeaux se prenaient le bec à je ne sais plus quel propos. Gonzague s'alluma un autre joint, ouvrit la fenêtre, ce qui les mit encore plus à cran.

– Fais gaffe, putain, tu vas rameuter la BAC, dit Christophe. Je crois que j'ai vu un civil.

– Y'a qu'ça qui m'calme.

Il klaxonna.

– Personne n'avance, mon vieux, tu vois bien, dit

Pierre. Et arrête de klaxonner, j'en peux plus de cette sinistre cucaracha.

Par miracle, une place venait de se libérer sous nos yeux. Gonzague poussa un peu devant et derrière, à la parisienne, et la voiture rentra de justesse. Vu le monde qui attendait comme nous, on aurait pu encore tourner comme ça jusqu'à la Saint-Glinglin. Conseil : si vous voulez vous rendre de Paris à Dissidences, prenez le bus direct et réservez votre place à l'avance ; des navettes spécialement affectées assurent plusieurs allers-retours quotidiens.

Devant le portique de sécurité, à l'entrée, des vigiles fouillaient les arrivants. Ils ont repéré les jumeaux dans la file, se sont dit quelque chose à voix basse ; mon cœur battait la chamade. Lorsque vint le tour de Joseph, qui transportait la came, il eut un regard de connivence avec le vigile. Celui-ci fit mine d'inspecter son sac et il ne se passa rien. Le guichetier, plus loin, nous apprit que, pour la première fois cette année, l'entrée du Festival était payante : 10 euros la journée, 20 euros le forfait pour les trois. Les jumeaux s'en trouvèrent fort mécontents, d'autant plus que ce n'était écrit nulle part sur le prospectus. Gonzague, qui s'estimait travailler lui aussi, après tout, demanda à Joseph de lui payer l'entrée.

Dans le hangar George Orwell, l'ambiance sonore était agressive. Il n'y avait aucune autre cloison que celle du Dondishop, au centre, et celle d'un petit restaurant, comme si toutes les idées qui peuplaient ce lieu, tous les entonnoirs mentaux, devaient converger vers un seul et même bruit, un écho diffus de voix s'entrechoquant telles des molécules d'eau en ébullition. Quelle cour des miracles ! La foule était sûrement aussi dense qu'à Lourdes. Certains stéréotypes apparurent rapidement, geeks, semi-racailles, boules à zéro et bottes renforcées, beaucoup de testostérone, assez peu de femmes. Ma première impression fut assez éloignée de ce à quoi je m'étais attendu, à bien y réfléchir, avant de pénétrer dans le plus emblématique sanctuaire de la paranoïa érigée en dogme. Cependant, une famille a priori tout ce qu'il y a de plus ordinaire se dirigeait vers la sortie d'où nous venions, suivie par un groupe de touristes tchèques au bulbe proéminent et au teint rosâtre. L'un d'eux lâcha un rot.

À vrai dire, si j'avais à vous fournir le profil type du festivalier dissident, je serais bien embêté. Cette sociologie n'était plus évidente à dresser. Mais il existe peut-être un trait de nature à en nourrir un portrait robot, comme un air de famille. Quelque émotion bilieuse tire plus ou moins perceptiblement ses traits en un masque d'angoisse et d'ironie, comme s'il avait croqué dans une écorce de citron sa vie durant. Pierre marchait à grands pas, pareil à un chien fou ne sachant plus où donner de la tête. Je peinais à le suivre à travers la foule.

Chaque petit, moyen ou grand gourou avait sa parcelle d'expression et de vente délimitée au sol. Il y en avait dans tous les registres. Docteurs ès sociétés occultes, platistes, gigantesques remplacistes, ceux qui pensent que le vaccin vous transforme en antenne vivante, Apollo-sceptiques, climato-sceptiques, danzeristes, négation-nistes, « révisionnistes », ou plusieurs de ces types à la fois. Chacune des voix de ces orateurs semblait vouloir couvrir l'autre. Avant de trouver quelque chose à se mettre sous la dent, les jumeaux ont bien dû s'arrêter deux fois pour vendre leur dope. Pendant que je les regardais faire, Pierre s'est éclipsé un moment. Joseph, me raconta son frère, était passé virtuose dans l'art de flairer les illuminatinomanes ; chaque fois qu'il alpaguait quelqu'un, vous pouviez être sûr que c'était la bonne pioche. De vrais pros, y'a pas à dire, les frangins. Dès qu'ils se quittaient d'une semelle, chacun courant son lièvre, ils se parlaient dans une oreillette. Christophe avait, quant à lui, un radar infaillible pour détecter les gars louches, la présence de flics en civil et d'indics étant toujours fort à craindre. Bref, ils formaient à eux deux une équipe de chasseurs remarquablement organisée.

Pierre reparut, agacé qu'on n'aille pas assez vite ; on aurait vraiment dit un gosse.

La bande voulait s'arrêter à la camionnette de hot-dogs, celle qui était tenue par des types de Cash Action, comme c'était écrit sur leurs pulls à capuche noirs moulants et sur la carrosserie noire du véhicule. Ils ne servaient que des saucisses de porc. Soi-disant sans le sou, les jumeaux s'obstinèrent à vouloir en manger. Je leur rappelai qu'ils seraient bientôt bourrés de cash, car je voulais plutôt aller au *P'tit Gaza*, restaurant typiquement palestinien, juste à côté, apparemment ouvert depuis cette année. J'ignorais tout de la gastronomie de là-bas et je dois dire que les noms des plats piquaient ma curiosité sur l'ardoise, familiers bien qu'inconnus. « Chakchouka palestinienne », « couscous merguazaoui », « houmous du

Hamas », « sandwich palestinien »... Les prix étaient raisonnables. Ils finirent par céder à mon caprice : honneur aux novices de la dissidence. Le patron nous installa à la table, près du drapeau vert, blanc, noir et rouge, et d'un poster du Che. Il était souriant, avait des yeux bleus, et comme la cuisinière qui s'affairait dans la cuisine ouverte, il portait un keffieh noir et blanc de rigueur, le temps s'étant gâté en ce début d'automne. La cuisine donnait sur la salle. À peine étions-nous assis qu'en revenant des toilettes Joseph nous a montré un homme coiffé d'un bob, au ventre conquérant, à la barbe aiguisée, qui en revenait aussi puisque, dans un geste de la plus rare élégance, il refermait la braguette de son froc. Il venait de lui refourguer deux boîtes de quarante pilules, soit 500 euros sur lesquels ils réalisaient un bénéfice de 50 %. C'était Karim l'Outrepasseur. Il s'assit en face de celui qui devait être Jacques Crèvefoie, duquel nous ne pouvions discerner que le dos et l'épaisse chevelure argentée.

Pierre, curieux, et non sans une étincelle d'ironie au fond de l'œil, demanda au patron quelle était la différence entre une merguez, disons, algérienne, et une mergazaoui. Beaucoup de harissa, rit le patron, sitôt imité par la cuisinière qui devait être sa femme. Et quelle était donc celle entre une chakchouka palestinienne et une maghrébine ? s'enquit Gonzague. Lente cuisson, petit feu, beaucoup d'ail.

Les autres se regardaient, sceptiques. Moi, ça m'était assez égal, car j'étais affamé. J'optai pour un très classique sandwich palestinien qui s'apparentait en fait à un falafel israélien. Pour être honnête, c'était pas mal du tout, disons que ça faisait le taf. Crème, choux rouge, aubergines, pommes de terre croustillantes et onctueuses, boulettes de pois chiches « préparées le matin même ». Comme ils ne servaient pas d'alcool, on pouvait aller chercher des bières au stand de hot-dogs Cash Action et les consommer ici. « Y'a pas de problème, c'est mon soss. Tu peux prendre là-bas et venir ici, pas de souci, mon ami. » Le rouge-vert et le brun copulaient ensemble.

J'avais tellement les crocs que j'enchaînai direct avec un houmous du Hamas. Il n'était pas mauvais non plus, même si l'ail prenait un peu toute la place.

En allant payer, enfin repu et d'assez bonne humeur, je fis mes compliments à la cuisinière. Au niveau de la table où était assis Karim l'Outrepasseur, je me suis tourné vers le patron. J'ai inspiré alors qu'il tapait sur sa calculatrice et lui ai demandé s'il était Palestinien, comme ça, spontanément. Il leva le menton, encore absorbé par ses calculs, rit de bon cœur, sans me donner de réponse. L'Outrepasseur avait entendu.

– Un homme non racisé ne doit pas dire ça à un homme racisé, me sermonna-t-il.

Je partis, n'ayant aucune envie de me lancer dans une discussion de ce type. Les jumeaux sortirent les derniers ; je me suis retrouvé seul avec Gonzague. Il était surtout venu pour dépanner ses potes, disait-il, et aussi, bien sûr, pour l'oseille ; 15 % sur la recette des frangins, ça ne se refusait pas. Il avait un peu traîné les pieds avant de venir, et c'était bien la dernière fois, à l'entendre, qu'il prenait ce risque. Il s'immobilisa et se tut. Le peintre m'agrippa l'épaule en désignant avec dégoût, quelques mètres plus loin, une exposition de peintures. Toutes, ou presque, représentaient des pyramides illuminati. Certaines se rapprochaient de celles imprimées sur les billets de 1 dollar, d'autres s'apparentaient davantage à de savants graffitis, au feutre. Plus rares étaient les pyramides cosmiques, exécutées avec des bombes de précision sur de plus grandes toiles. Sur l'une d'elles, la Terre servait d'œil à la pyramide.

Gonzague vilipenda le peintre. Nous tournant le dos, il discutait avec deux touristes. Cette silhouette un peu courtaude m'était familière, cette façon de se tenir voûté. C'est 1 000 euros, dit-il à propos d'une fresque à la bombe. La voix aussi m'était familière… mais oui : Virgile ! Il se retourna sans paraître me voir. Faut dire qu'il était sacrément fait, au Phalanst'art, bien assez pour oublier une rencontre aussi anecdotique que la nôtre. Mais tout de même, nous avions parlé quasiment toute la nuit ; on s'était même dit des trucs sensibles. Devant son stand, des connaisseurs parlaient de son art ; ça changeait de l'autre fois, avec ses vanités invisibles aux yeux du monde.

– C'est un arriviste, dit Gonzague. Je suis sûr qu'il peint ces pyramides juste pour le fric.

– Tu te trompes. Virgile !

Le peintre me dévisagea de ses yeux de myope, me salua de loin, un peu expéditif, visiblement gêné. S'étant remis à parler avec ses clients, il semblait m'avoir oublié, comme s'il avait fait table rase de l'époque de disette et que j'allais lui ramener la scoumoune. J'allai malgré tout le voir ; Gonzague décampa, vaincu par sa jalousie.

Après une poignée de main attestant qu'il me prenait pour un plouc, Virgile pria ses clients de patienter. Quelle huile il était devenu ! Barbe travaillée, baskets ultra-fraîches, blaser en velours bleu nuit sur col roulé gris, 10 kilos en moins ; refait, le Virgile ! J'avais encore du sang sur le pouce, me fit-il remarquer. Tiens, c'est vrai ça ; je me contentai de rentrer la main dans ma poche.

Quelle pouvait être la raison d'un tel changement, des vanités qu'il peignait à ces symboles occultes ? Depuis qu'il avait cessé de peindre des crânes, se consacrant à la symbolique paranoïaque, Virgile n'avait plus le souci de trouver une place en squat – le pauvre s'était fait recaler du Phalanst'art. Peu de temps après, il avait flairé la martingale ; comme ça, un coup de génie, une illumination. Sans attendre, il fit parvenir à Jérôme Vasseur l'une de ses premières pyramides, par la poste ; la fresque était dédicacée. Elle ressemblait à celles qu'on voit sur les pochons d'Illuminatine. Flatté, le narco en fit l'éloge au début d'une de ses visioconférences, suivie chaque fois en direct par des dizaines, voire des centaines de milliers de fans, sans compter ceux, plus nombreux, qui la verraient en différé. Deux fois, il répéta le nom de Virgile, en montrant bien la toile, et l'accrocha même au mur derrière le canapé bleu où il se faisait filmer. Par sa simple recommandation, il lui était facile de faire grimper l'une de ses ouailles de temps en temps, elles qui, pour certaines, étaient prêtes à s'arracher ses slips sales, et même des bouteilles remplies de sa pisse, pourvu qu'il les mît en vente. Quelques carrières de dissidents naquirent ainsi. Mais, sous prétexte de déloyauté ou, que sais-je ?, ces élans de générosité apparemment gratuits pouvaient assez vite se transformer en menaces, en harcèlements, voire en tabassage en règle. C'est-à-dire que, lorsque sa créature se mettait à prendre un peu trop de place, voilà, il lui fallait non seulement la dénigrer mais l'écraser comme si c'eût été un cafard. Virgile était encore sur la phase ascendante, en passe de devenir le peintre officiel de la coalition Mandanda-Vasseur ; mais qu'en sera-t-il de demain, pauvre Virgile ! Par ailleurs, je ne me souvenais pas qu'il versât dans ces croyances que présuppose le fait de tenir commerce ici. Il me répondit que non, qu'il n'était pas ce que je soupçonnais, qu'il faisait ça pour le fric, parfaitement lucide quant à la supercherie. C'était leur glisser, d'une certaine manière, un beau rollmops d'Allemagne dans le fion, l'arroseur arrosé, pour une fois. Ça m'avait bien fait rire. Lui n'avait pas trop pris la *lemon face*, bien qu'il prît le melon.

Joseph surgit soudain de la foule, le regard fixe harponné sur Virgile, évaluant déjà la recette qu'il allait se mettre dans les fouilles. Prétextant vaguement de venir me parler, il lui proposa sa dope de la façon la plus claire. Malgré son insistance, Virgile refusa catégoriquement. Peut-être qu'il en avait déjà sur lui, ou qu'il avait dit la vérité. Aujourd'hui encore, je reste sans réponse.

Avant qu'il ne me laisse, je lui avouai qu'il y a trois jours j'avais failli me suicider au travail. Et que des amis m'avaient conduit ici, car j'écrivais un livre sur les complotistes. Haussant les épaules, il s'en alla retrouver ses clients sur le point de lui passer sous le nez.

– Tu connais ce peintre ? me demanda Christophe.

– Comme ça, d'une soirée. Il est devenu complètement snob.

– Oui, Jo, dit-il à l'oreillette. Non, rien à signaler. Ok j'arrive.

Plus loin, je découvris qu'il existait une École de la Dissidence. Leur stand était tenu par un prof et un élève qui portaient tous deux un sweat à capuche siglé, ÉDD, comme dans un salon étudiant. Le sourire citron, il distribuait des tracts.

– Qu'est-ce qu'on enseigne dans votre école ? demandai-je à l'élève.

– L'esprit critique avant tout, répondit celui-ci du tac au tac.

– Vous voulez dire l'examen des choses avant tout jugement ?

– Précisément, intervint le prof.

– Et vous, qu'enseignez-vous ? lui demandai-je.

– Autopsie de l'Empire, survie en milieu hostile, résistance à la société de surveillance, s'informer dans un État totalitaire, origine des espèces, et, bien entendu, esprit critique, dit-il dans un même souffle. J'aimerais vous demander quelque chose d'un peu, disons, personnel. Vous permettez ? Croyez-vous en la création ?

– Hein ?

– La création par Dieu.

Ce prof pour le moins multitâche organisait en fait des

séminaires créationnistes comme dans certaines universités américaines. Ils avaient les mêmes têtes d'hallucinés que les types qui distribuent les fascicules « Réveillez-vous » dans la rue et qui vous disent qu'eux aussi, avant, ils étaient mal dans leur peau, et puis, un beau jour… Ok. Comprenant qu'il s'agissait d'une secte, je pris mes jambes à mon cou.

Devant la boutique Dondisphère, la file d'attente s'étendait jusqu'à l'entrée du hangar dont elle était le centre géographique et névralgique. Dedans, la chienlit, les vendeurs en sous-effectif couraient dans tous les sens ; même pendant les soldes, j'avais jamais vu un truc pareil. Sur un étalage, les piles de DVD du dernier spectacle de Dondi, « Le Dondi international » – en référence au pamphlet « Le Juif international » à l'origine du mythe des Juifs esclavagistes – se vendait comme des petits pains. Il y avait aussi des rollmops à 6 euros le bocal, des vrais rollmops, avec du vrai hareng, soit le double du prix dans les supermarchés. Enfin, les nouveaux kits de survie en cas de fin du monde – il en sortait en moyenne deux collections par an – se trouvaient bien en évidence derrière la vitrine. Ils comprenaient chacun un livret avec des blagues de Dondi, un aspi-venin en cas de morsure reptilienne, deux morceaux de silex, un bon pour une boîte de rollmops, une lampe à dynamo, des capotes avec des têtes de Dondi dessus pour que vous pensiez à lui même en lâchant la sauce. Soixante euros, ça faisait tout de même cher la farce ! Voilà du génie marketing ! Le culte de la personnalité du dissident suprême était tourné en dérision ; sa mégalomanie passait pour une simple facétie de génie.

48

Sans m'avoir semblé susciter tant d'étonnement dans la marée dissidente, l'universitaire négationniste lyonnais Gilbert Fauraison apparut en hologramme, là, flottant sous le plafond métallique, telle la statue d'un apôtre. Comme en son dernier jour, vieillard dont deux billes sombres témoignaient d'une haine intacte, il se singularisait par un nœud papillon si gros qu'en le déroulant il aurait pu se pendre avec. Le jour de sa mort, quelques années plus tôt, une mort très douce, quelqu'un avait eu le bon mot : il n'avait pas existé, contrairement à ce qu'il nia.

L'hologramme était assez fidèle à son modèle, bien qu'il le dépassât en taille. Dans un reportage du Journal de 20 heures, descendant les marches d'un palais de justice, l'homme m'avait semblé minuscule à côté du gorille qui l'escortait dans la foule, des micros tendus vers lui. Apologie du négationnisme, deux mois de sursis, une amende à cinq chiffres dont il ne s'acquittera pas.

Christophe, que je retrouvai par hasard à ce moment-là, sursauta en le voyant léviter, immobile, là-haut, où quatre ou cinq pigeons volaient sans s'approcher de trop près.

Lorsqu'il décela l'illusion, tiraillant un bouc invisible, Christophe m'assura que je n'étais pas le seul à voir revivre, en quelque sorte, le plus couillu des négationnistes de France. Il trouva néanmoins un tel hommage excessif, même s'il jugea honnête et précurseur le travail de cet « historien ».

Dondivin Mandanda, en mémoire de son regretté frère d'armes, avait laissé entendre qu'il organiserait un « happening » d'hommage qui ne risquait pas de passer inaperçu, m'expliqua Christophe. Son hologramme avait été doublé d'une intelligence artificielle, termina-t-il avant de retourner à sa besogne, appelé par Joseph dans l'oreillette. Il ne leur restait plus que quelques doses d'Illu à écouler.

Bien qu'il ne bougeât pas pendant un moment, le spectre de Fauraison avait l'air si vivant que j'en eus le sang glacé. C'était d'autant plus étrange que nulle part je ne trouvai de dispositif de projection.

Soudain, comme sorti d'un sommeil d'un siècle, il s'étira, emprunta un escalier invisible qui le conduisit vers les dissidents en liesse. Là, le négationniste s'enflamma comme une torche avant de s'éparpiller en une pluie de cendres scintillantes, sous les oh, les ah, quelques applaudissements, une ou deux protestations lointaines. Enfin, une voix familière et proche, celle de Virgile, me tira de l'effroi que m'avait provoqué cette vision de cauchemar.

– On dirait que t'as vu un fantôme, dit-il.

– Et pour toi on dirait que les affaires marchent, répondis-je du tac au tac, bien qu'encore sous le choc.

Quelque chose de notre entrevue de tout à l'heure trottinait dans un petit escalier de mon esprit.

– Un jour, quand Jérôme Vasseur en aura assez de toi, il te claquera la porte au nez. Et te salira comme tous ses suppôts.

– Tu crois tout ce qu'on te raconte, dit-il fermement, mais la carapace mondaine était fêlée.

– T'as peut-être raison, dis-je. Ah… Parfois je me dis que j'aurais aimé être complotiste. Ça doit être rassurant, quelque part, de partager un ennemi invisible. Non ? Tiens, si j'avais écrit des théories du complot, pfft, j'en serais sûrement pas là.

– Si j'avais continué à faire de l'art sans revendication, j'en serais pas là non plus, fit-il remarquer.

– C'est donc bien par calcul.

– J'suis pas complotiste, mais je me pose des questions. Disons que la supercherie devient tellement grossière que les gens ne peuvent plus être aussi dupes, c'est certain.

Le cœur las, je le laissai ; mes pas me menèrent vers un autre attroupement, près du Dondishop. Devant la caméra d'une chaîne qatari, Jacques Crèvefoie et Karim l'Outrepasseur causaient chemtrails, le premier affirmant détenir un document d'État prouvant leur existence. Sans surprise, je ne saurais dire après quel cheminement exact, il fustigea le système de santé et, par là même, forcément, l'emprise de Big Pharma.

À propos, avait-il dit ailleurs, il devait sa vigueur, il est vrai remarquable pour un homme de soixante-quinze ans, à sa capacité à se soigner lui-même par le mental, exploitant 20 % de son cerveau au lieu de 10.

Et assurait à qui voulait bien l'entendre que la chimiothérapie fait plus de ravages que le cancer lui-même, pas le moins du monde inquiété par les mous avertissements du ministère de la Santé après qu'une de ses ouailles avait péri du crabe, ayant suivi ses conseils : « Rejeter tout recours à la médecine officielle. »

– Comme je le dis à mes élèves de l'Académie des Sciences authentiques, dit-il, si on nous empoisonne, c'est pour nous imposer des vaccins. Avec des nanopuces 5G dedans. Ils peuvent dire que je suis complotiste, je m'en fous, je dis c'que je pense !

– C'est vrai qu'on dérange, fit remarquer Karim. L'entretien, mes amis, touche à sa fin. Une dernière question pour le professeur Jacques Crèvefoie ? Oui, madame ! Qu'on lui donne un micro !

– Comment voyez-vous la santé dans dix ans, professeur ? lui demanda la petite dame.

– Eh bien, l'équation est simple : le système de santé sera au service de l'humain quand l'Illuminatine sera remboursée par la Sécu.

Là, Karim posa son micro sur la table, se frotta un coin de l'œil en regardant la caméra amie.

– Jacques Crèvefoie, voilà une parole qui fait du bien. Un vrai souffle de paix.

Puis de nouveau se tournant vers lui :

– Qu'il te porte loin sur le chemin de la vérité.

Un instant après, juste à l'endroit où ils s'étaient quittés, le spectre reparut sous l'apparence que devait avoir Fauraison à trente ans. Ses cheveux, plus fournis, étaient décoiffés, deux culs-de-bouteille devant les yeux lui faisaient une tête de pervers. Il portait un imper beige. Comme il faisait les cent pas, un moineau se posa sur son chemin et s'envola quand son pied fut sur le point de le traverser. Alors, d'humeur à plaisanter, il entreprit un rollmops de 360, s'assurant une ovation tonitruante. J'eus la sensation dérangeante qu'il me regardait, goguenard, et même qu'il m'adressait un clin d'œil. C'était juste avant que le négationniste ne se consume, cette fois plus sobrement.

Un camion assez gros se fraya un chemin dans la foule en marche arrière, *bip, bip, bip*. Quand il s'arrêta et que le moteur fut coupé, deux types en sortirent par l'arrière. L'un deux était Jérôme Vasseur, l'autre, un jeune geek à la démarche mal assurée. Suivit un troisième, autoritaire, qui s'égosilla contre lui. Et puis un garde du corps. « Magnez-vous le cul », aboya Vasseur – souverain – sur les techniciens. Bientôt, une horde de fans le prit d'assaut qui voulait faire un selfie avec lui. Il en consentit trois – rollmops de rigueur – et envoya les autres se faire foutre.

Après que le geek eut appuyé sur une télécommande, le camion s'ouvrit sur le côté, faisant apparaître un salon des plus kitsch, du genre studio de film porno industriel daté. C'est naturellement là que se produisait, toujours seul, le narco-showman, suivi en direct par des centaines de milliers d'internautes. L'image à l'écran laissait penser que c'était chez lui. Derrière le canapé bleu où le colosse posa son cul, je reconnus effectivement la peinture de Virgile. Difficile également de rater le best-seller du narco-écrivain, dans lequel il avait juré que, dans vingt ans, on serait tous des tapettes vichysto-sionistes.

Une famille de racailles Groseille déboula devant moi, m'obligeant un peu brusquement à reculer. Visiblement hystérisé par la vue de Vasseur, le père siffla à pleins poumons entre ses doigts ; allez, allez !... comme s'il s'agissait d'un match de foot. La daronne se gratta le cul avec l'air de ceux qui se croient invisibles lorsqu'ils se grattent le cul. Le père jucha sur ses épaules l'un de ses deux fils, comme lui tondu en dégradé et vêtu d'un maillot sportif où était imprimé derrière : « Numéro 10 – Dondi ». Vasseur se fit apporter un café. Lorsqu'il but, ses lunettes déjà crades s'embuèrent, lui donnant un air d'autant plus inquiétant.

Le perchman maladroit et le caméraman qui avait gueulé n'attendaient plus que son signal.

Une jeune femme au béret plus identitaire que bohème regardait avec hostilité les enfants racailles qui maintenant se tenaient tête contre tête, prêts à en découdre, sans que la mère n'y prêtât cette fois attention. L'importunée chercha dans mon regard un appui.

– Fauraison a raison ! scanda Vasseur. Esprit du professeur Fauraison ? Je demande le vénérable professeur.

Rien ne se produisit. L'heure fut donc aux habituels règlements de comptes préliminaires. Quelques noms étaient toujours jetés à sa vindicte.

– Hier, l'autre enculé de Marc-Aurèle La France a dit des saloperies sur moi. Mais moi, souviens-toi, Marco, j'ai copieusement tronché ta fille, hein. J'ai souillé ta progéniture par tous les trous, La France !

Il fit un bras d'honneur à l'adresse du vide, satisfait.

– Moi, j'ai un destin, hein. Pas comme ce pédophile de Jean-Luc Kingson, heu, Philippe Le Duc, que j'attaque pour diffamation, au passage. Hein, prenez note. Ouais. Et d'ailleurs, Le Duc, ça rime avec trouduc, c'est pas moi qui l'ai inventé, hein. Et il ose dire que j'vais aller dans les poubelles de l'Histoire ! Mais heureusement que je suis là pour améliorer le débat, hein ! D'ailleurs, aucun de ces pleutres n'a jamais accepté de débattre avec moi. Ils ont dit que j'avais du sang sur les mains. Mensonge ! L'Illuminatine n'a jamais tué personne, c'est absolument démontré… Ça, typiquement, c'est un complot plouto-talmudobigpharmesque, si ce n'est bolchojudéomaçonnique. C'est prouvé, hein. Vous savez, je suis l'ennemi public numéro 1, et je compte bien glisser quelques rollmops à cette ripoublique qui nous divise. D'ailleurs, j'en profite pour rappeler à mes amis maghrébins, vous trompez pas d'ennemi. Au fond, nous les Français de souche, on a le même système de valeurs que vous, hein. Le même ennemi, qui nous oppose ici et tue vos frères en Palestine. Ne tombez pas dans leur piège, hein. Les vrais ennemis des musulmans, c'est eux ! Moi, contrairement à ce que disent les merdias, j'suis pas islamophobe, hein. J'ai lu le Coran, d'ailleurs, et j'ai un ami musulman. Vous êtes pas des fiotes cosmopolites. Mais ça, j' l'ai dit dans mon livre, hein. Pour moi, tout ça, c'est un complot talmudobolchopédé !

Le charme opérait ; chacune de ses insultes remplissait les êtres, ses mots avaient enveloppé « Dondi numéro 10 ». Cependant, la fille au béret secouait la tête.

– C'est qu'un lèche-babouche, me dit-elle, deux coups vifs de menton désignant la famille. Une imposture.

J'allais demander des explications quand, s'arrêtant de parler, le gourou regarda vers l'entrée, d'où provenait une rumeur stridente, comme si un essaim géant de frelons s'approchait. Une procession d'une quinzaine de drones apparut alors. Ils volaient lentement en rang d'oignons vers Vasseur qui était visiblement le seul à ne pas s'en étonner. Lorsqu'ils sont passés au-dessus de ma tête, je me suis bouché les oreilles ; le dénouement de cette intrigue ne se fit pas attendre : chacune des machines volantes se mit à cracher des pilules bleues en veux-tu en voilà, quelques-unes par-ci, une poignée par-là, suivies d'une deuxième série. Nombreux étaient les dissidents qui déjà se penchaient comme pour le ramassage des truffes ; un premier, un peu sceptique, y colla sa langue, oui, l'amertume caractéristique y était, c'était bien de l'Illuminatine qui pleuvait ! Hourra ! La mère était à quatre pattes. Même la petite fat en ramassait.

Les drones s'en allèrent par où ils étaient arrivés. Enjoué par l'éclatant succès de cette opération de propagande, le narco-écrivain reprit son galimatias.

– Les rats élus tremblent ! Ils peuvent bien s'acharner sur ma personne, moi, Jérôme Vasseur, j'suis d'ceux qui meurent l'arme à la main, hein. L'État profond, c'est moi qui lui mets profond, un bon rollmops, n'est-ce pas. Moi, si j'avais été l'autre Autrichien, j'aurais fini le boulot, hein. Lui, il a fait du travail d'A..., heu, du travail bâclé, et maintenant on se tape le chantage ouin

ouin, six milliards de douchés, qui dit mieux ? Mon cul ! Et un rollmops pour les rageux !

Il fit cette fois tant durer le geste d'autostrangulation que je crus le voir bleuir. Et son bras s'est défait d'autour de son cou comme un boa qu'on aurait décapité. Je suis prêt à jurer qu'il laissa échapper un râle de jouissance.

Soudain, une voiturette emprunta le même chemin que le camion de Vasseur, escortée par quatre gardes du corps qui, avec leurs matraques qu'ils utilisaient un peu comme des coupe-coupe, ouvraient un chemin dans l'assemblée. Lorsque la voiturette passa non loin de moi, je pus discerner à travers la vitre teintée une silhouette énorme. Elle pila devant le camion de Vasseur. Deux des quatre vigiles s'employèrent, avec peine, à aider un individu à s'extraire de l'engin. Deux chevilles obèses se profilèrent, un énorme ventre, une barbe d'un an crépue et grisonnante. Le visage bouffi se tourna dans ma direction. Dondivin Mandanda reprit son souffle, secoua la tête, un peu hagard. Il s'appuya sur l'épaule d'un de ses gars pendant qu'un autre lui tendait sa béquille qu'il balança rageusement à ses pieds. Lorsqu'en remontant son froc il s'ébroua, sa masse graisseuse suivit le mouvement avec un léger décalage. Enfin, il grimpa, résolu et à grand bruit, l'escalier qui menait au studio de Vasseur, pas le moins du monde gêné que celui-ci soit en plein tournage. Vasseur pouvait bien être le baron suprême de l'Illuminatine, Dondi n'en avait cure : la présence du narco ne lui semblait plus si bienvenue sur son territoire. Vasseur s'adressa à la caméra plutôt qu'à l'intrus en son royaume.

Je compris alors que l'amitié de ces deux individus n'était qu'une légende. Ils se jaugeaient, comme deux chefs de guerre ennemis aux accords diplomatiques désormais obsolètes. Vasseur avait conquis les banlieues grâce à lui, Dondi les nazillons en retour ; ils pouvaient désormais se haïr. Dondi avait justement l'air furax. Il n'était pas là pour faire le clown.

– Le rollmops, c'est moi ! commença-t-il.

– C'est bizarre, fit l'autre en grattant son crâne chauve, tourné vers le parterre de dissidents, je ne crois pas t'avoir déjà vu faire un rollmops.

– Je n'ai rien à prouver, trancha Dondi.

– Juste un petit mops d'amitié. Et je me prosterne. Allez, on fait du bruit pour l'inventeur du rollmops !

Don-di, un rollmops ! entonna un premier dissident, bientôt imité par une vingtaine d'autres déchaînés. À moins qu'il ne se fasse mettre un anneau gastrique, l'inventeur du rollmops n'était plus en mesure de s'étreindre le cou avec un seul bras, la preuve était là, en direct, sur Télé-Vasseur. En voilà, un scoop ! Le narco avait repris à son tour le refrain, suspendu aux lèvres désespérément muettes de Dondi. Pas très loquace, décidément, ce comique dissident…

– Dondi, un rollmops !

Il ne pouvait plus faire mine d'ignorer la clameur. Alors, il entreprit de faire le geste, et ce fut, croyez-le, un terrible moment de gêne. Papa racaille regarda, incrédule, la scène. Les gardes du corps des deux camps se trucidaient des yeux, observant un silence de western alors que la clameur tombait. Celui de Vasseur ne faisait pas le poids face aux quatre autres, même si le narco, sur un ring, aurait sûrement pulvérisé Dondi en moins de temps qu'il ne faut pour le dire. Heureusement pour tout le monde, le gong sonna en la voix nasillarde d'un homme qui apparut devant eux.

– Le char est arrivé, annonça le petit émissaire, fort cérémonieux.

Une partie de la masse dissidente se coula alors vers la sortie, m'entraînant avec elle, et je fus quelque peu inquiet de ce que hurla Dondi dans son gigaphone : « C'est l'heure du bûcher ! Au feu les élus de Satan ! » Puis, désignant la Terre, il s'écria : « Au-dessous, le soleil brûle ! »

49

Le char de parade se profila à l'angle du hangar George Orwell, dont il terminait de faire le tour, cheminant maintenant vers l'entrée où je me trouvais, pétrifié par l'horreur. Il transportait le buste en carton d'un géant à l'air pathétique, au nez plongeant. Son teint cadavérique était souligné par d'épaisses croûtes rouge sang autour de ses lèvres barrées par deux crocs longs et pointus. À ses côtés, marchait à grands pas maladroits un bataillon de comédiens déguisés en cancrelats, flanqués sur la poitrine d'étoiles jaunes à six branches et de fraises baroques autour du cou – col blanc = aristocratie financière. Tour à tour, ils prenaient en chasse un groupe de jeunes dissidents complices qui ramassaient des cailloux par terre afin de lapider la statue comme on cogne avec un bâton sur une piñata bourrée de sucreries. Et, comme si l'ordre dont dépendait leur salut était retrouvé, les cancrelats regagnaient l'impassible cortège sous les huées et les crachats de leurs assaillants hilares. Mes yeux n'ont pu se départir de cette vision atroce : elle devint l'incarnation de mon attraction morbide à l'égard de cette haine ; il fallait que je retienne bien tout cela pour l'écrire. Je gardais toute ma présence d'esprit pour prendre un maximum de notes dans mon téléphone.

Poursuivie à son tour, une fillette à peine en âge de marcher se précipita dans les jupes de sa mère. La repoussant vivement, celle-ci jeta un projectile qui manqua de peu l'énorme cible. Ce jeu de persécution carnavalesque lui était un rituel ordinaire dont elle comptait bien transmettre la passion à sa progéniture. Quand le char ne fut plus qu'à une trentaine de mètres, seulement alors je reconnus l'Américain qui avait inspiré la caricature : Saul Schwartz, magnat de la finance et dynamiteur de frontières, grand architecte du gigantesque remplacement.

Une pierre percuta son œil triste et méchant et le char s'immobilisa enfin. Au pied de la sculpture, il y avait de la paille. Elle en était rembourrée. Dondivin s'approcha en claudiquant. Il brandissait un chalumeau allumé. Les comédiens se prosternèrent devant lui comme devant le Roi-Soleil.

– En dessous, le soleil brûle ! cria le comique. Et y'en a un autre qui va suivre le même chemin. Tu sais quoi, Saul ? J'en connais un à qui on va offrir un direct pour la Pologne ! Wowowowo j'vais trop loin là, y'a la police de la pensée qui va débarquer, on va avoir des problèmes moi j'dis ! Est-ce que vous êtes là, la dissidence ?! J'veux du bruit ! Et des 'mops !…

En les regardant tous s'étrangler avec leur bras autour du cou, je pensai à August Landmesser, l'homme qui sur la photo en noir et blanc resta les bras croisés au milieu d'une foule de bras tendus dans la même direction. J'ai voulu me tirer, mais une barre absurde, à hauteur de thorax, me stoppa net. Dondi braqua le chalumeau sur la base de la statue :

– En Afrique, on brûle pas que des statues. La vérité ééé ! On aurait fait un barbec de sioooooniste braisé au manioc. Ouais, frère ! Bah quoi, vous avez jamais vu un youtre-négro ? Nous aussi, les négros, on en a bavé, tu sais, Saul… La colonisation, le sida inventé pour nous exterminer, tout ça… Waouw, on va avoir des problèmes !

Combien de temps encore, pensai-je, soudain absorbé en moi-même, en regardant la paille s'embraser, avant que cette pensée rituelle ne se transforme à nouveau massivement en acte ? Ressentant dans tout mon être et mon corps que le complotisme précède et systématise une concrétisation violente, l'idée de l'inexorabilité d'un retour des pogroms me fut tragiquement acquise. Voilà la conclusion de mes errements en terre de paranoïa. Elle était là, tangible, évidente devant mes yeux fossilisés.

« Souviens-toi de ce que t'a fait Amalek », fils d'Éliphaz, père de tous les antisémites ! Celui dont l'armée avait survécu à la sortie d'Égypte, celui dont il faut se souvenir pour que sa guerre s'arrête, mais elle ne cessera jamais. Souviens-toi ! Zakhor !

De quoi auront l'air les chambres à gaz au XXIVe siècle ? Puis j'ai pensé au roman *Le Dernier des Justes* d'André Schwartz-Bart, et à ce pauvre Ernie Lévy parlant à des cadavres d'enfants dans le train de la mort. Ah ! qu'il était loin le temps où je tenais l'infamie pour neutralisée, lénifié que j'étais par la grande antienne amnésique.

Souviens-toi d'Amalek !...

Zakhor !

Une goutte de pluie glaciale et visqueuse vint baiser ma nuque au moment où de la fumée commençait à sortir des narines de Saul. Ça empestait la peinture brûlée. Les cancrelats formèrent une ronde autour de lui, scandant la comptine lancée par Dondivin, éclairé par les flammes naissantes, le visage effrayant :

– Mon père faisait partie d'un commando, ma mère était SS. Ensemble, ils ont brûlé des Juifs, car les Juifs brûlent le mieux.

Souviens-toi !

Zakhor...

Les narratifs de paranoïa collective engendrent de la violence aussi sûrement que toute pensée rituelle meurtrière promet la mort. Le complotisme est violence, et cette communauté d'idées dont j'avais été l'infatigable observateur avait fini d'aiguiser sa lame. Le complotisme assassine. L'assassin de Marceline Bloch avait pour livre de chevet *Mein Kampf*, trouvé par les enquêteurs juste sous son Coran. Ils lui avaient servi de marchepied jusqu'à l'accomplissement du crime barbare. Le complotisme tue.

– Mon père faisait partie d'un commando, se mit à son tour à entonner la foule, ma mère était SS. Ensemble, ils ont brûlé des Juifs, car les Juifs brûlent le mieux.

Dieu n'effacera jamais la mémoire d'Amalek de nos vies, et sa guerre n'en finira jamais de tuer, mais…

Une deuxième goutte me tomba sur le nez. Et si ? Regardant le ciel gris-jaune, Dondivin eut un mouvement de panique. L'orage gronda. La pluie tomba, se fit torrentielle, et la dernière braise bientôt fit *pscchht*. La statue noircie restait reconnaissable. La pensée rituelle manqua par miracle cette fois de tuer. Voilà à quoi peut tenir la survie d'un peuple.

Les dissidents s'empressaient de rentrer dans le hangar George Orwell.

La nuit était tombée. Au stand de hot-dogs je retrouvai Pierre, seul, mélancolique. Il s'était saoulé à la bière.

– Tout ça, j'l'ai écrit, dit-il.

– Quoi ?

– Tout ce qui arrive. J'le sais depuis toujours.

Dans une rasade de bière, il fit passer une pilule bleue

dans son gosier. Je finis moi aussi par prendre une bière, puis une autre. C'était sa tournée.

– Tiens, donne-moi une de tes pilules, dis-je.

Il porta machinalement sa main à la poche de sa veste, s'exécuta sans me questionner sur mon soudain revirement dont je lui tus, bien sûr, la réelle motivation : d'ordre littéraire…

– Je mourrai moins bête.

J'avalai aussitôt la pilule bleue sans la regarder, et repris une bière. Non loin apparut le spectre de Fauraison, à l'âge de dix ans à peu près. Il regardait cette fois encore vers moi ; alors, tandis que je m'avançais pour le voir de plus près, ces mots s'échappèrent de ma bouche :

– Vous n'êtes pas Gilbert Fauraison.

– Et vous, rien ne me prouve que vous existez, j'entendis.

Je fis volte-face vers Pierre, affalé sur sa chaise de bar. Il parlait au type de Cash Action qui pliait boutique sans avoir l'air de l'écouter.

– T'as entendu ? Fauraison a parlé ! s'écria ma voix.

– C'est ça. Et moi, j'ai vu la Dame blanche, dit-il entre deux hoquets. T'entends des voix, mon vieux. En fait, tu s'rais pas une sorte de Jeanne d'Arc de l'anticomplotisme ?

Nous éclatâmes dans un grand rire.

À une dizaine de mètres devant, l'hologramme était de dos. Je fis un pas vers lui, puis me retournai.

Pierre avait disparu.

Remerciements

À Gérard, mon éditeur, avec qui je suis heureux de me lancer dans la grande aventure.

À mes parents, ma famille, à ceux qui m'ont soutenu, Angela, Jean, Pierre, à mes cinglés d'amis et mes compagnons d'armes.

Retrouvez toute l'actualité des éditions Albin Michel
sur notre site albin-michel.fr
et suivez-nous sur les réseaux sociaux !
Instagram : editionsalbinmichel
Facebook : Éditions Albin Michel
Twitter : AlbinMichel

Composition : Nord Compo
Impression : CPI Firmin Didot en mai 2023
Éditions Albin Michel
22, rue Huyghens, 75014 Paris
www.albin-michel.fr
ISBN : 978-2-226-48648-6
N° d'édition : 25570/01 - N° d'impression : 175075
Dépôt légal : août 2023
Imprimé en France